さくらの雲

最上 裕著

民主文学館

目次

この作品は、「民主文学」二〇一五年一月号から十二月号に掲載された。

第一章　復職

1

育児休業からの復職日の朝、保育所へ通う道で、自転車の前の椅子に腰かけた千恵は、おとなしい。母親の緊張が伝わっているのだろうか。保育室で保育士に引き渡された千恵は、保育士をまねて、バイバイとあどけない顔で小さな手を振った。今泉さくらは、目が潤むのを抑えて、出口に向かった。

駅から会社に向かう道で、さくらの緊張はさらに高まった。今日のためにスーツを新調した。新入社員の時のような緊張だが、あの時よりも緊張していた。新入社員の時は、同期の者がたくさんいたし、これからいっしょに習得できるという安心感があった。しかし、今回は一人だ。二年の間に自分のスキルは、どれだけ錆びついているだろうか。スキルが錆びついていないにしても、二年間のうちにテクノロジーは飛躍的に向上したに違いない。それを自分はキャッチアップできるだろうか。

人の流れにのって進んで行くと、目の前に、見上げるようなビルが現れた。さくらが働く大手の情報システムサービス会社、東光情報システムは、コンサルティング、システム構築、パッケージソフトウェアの販売を主な業務としてきた。しかし、最近業績が振るわず、さくらの育児休業中に、東光はアメリカのＩＴサービス会社のクレジメント・インターナショナルと合併した。実態としては、クレジメントに吸収合併して救済されたようなものだと報道されていた。合併で、職場は、大きく変わっているに違いない。さくらは、大きな不安を抱えて、前の人に続いて、正門のカード照合を行うフラッパーゲートを通った。ＩＤカードは有効だ。エレベータに乗って、オフィスに着いた。

「お早うございます」

入り口であいさつしたが、時刻は九時を過ぎ、すでに慌ただしく動き出していた同僚たちの耳には、届かなかったようだ。それでも、白石美咲が気づいて、笑顔で迎えてくれた。

「お帰りなさい。私、いつ来るのかと気になっていました」

それを見た職場の女性たちが集まってきて、人の輪ができた。立ち上がってみる男性もいた。さくらは、マネージャー席に進み、桧垣に一礼した。

「今日から働かせていただきますので、よろしくお願いします」

桧垣も立ち上がって、薄い笑いを浮かべた。

「期待していますよ。また、がんばってください」

それから、桧垣は表情を改めて、言葉を続けた。

「二年で会社もずいぶん変わりましたから、少し話しましょうか」

さくらは、桧垣に従って、打ち合わせ場に入った。

「ご存知だと思いますが、昨年、東光はクレジメントと合併して、東光クレジメントになりました。この間、お互いのよいところを吸収して、融合してきました。特に、アメリカ流の成果主義が徹底して職場も緊張感が出てきています。給料もポストも。新村さんも、……ところで、通称は新村さんでいいですか」

「はい、旧姓でお願いします」

さくらは、浩樹と結婚後も産休に入るまで旧姓で通していた。だから、復職後も旧姓で仕事をしようと思っていた。しかし、地域では、今泉さんと呼ばれるのに慣れてきていたので、何やら面はゆい気もした。

さくらは、育児休業を二年間取った。復職に向けて数か月前から準備を重ねてきた。特に、危なかったのが千恵の保育所入所だった。待機児が社会問題になっていたので、入れるかと心配した。先輩ママたちからも早めに動きださないとだめとアドバイスされていた。公立保育所がよいと思ったが、選べる状況でないことはわかっていたので、私立や無認可保育所も数か所見て回った。保育所から千恵の病気について懸念が出されたが、主治医の集団生活に問題なしという診断書を提出して、理解してもらった。運よく、区役所から入所可の連絡をもらった時は、自分が入試に合格した時のような喜びを感じた。しかし、一方で知り合ったママ友の中には、唇をかんだ人もいて、心苦しさもあった。

千恵は、一週間前から慣らし保育に通った。さくらが仕事でどうしても遅くなる場合は、浩樹の両親にお迎えをお願いすることで、了解を得ている。本来なら、夫の浩樹に迎えに行ってもらいたいところだが、浩樹は今、家にいない。実質的な母子家庭なので緊急の場合には、周りに頼るしかない。先日、浩樹の両親の誠一と雅子が、保育所に行き、お迎えの予行演習をしていった。

「二年の間に、この業界でも大きな変化が起きています。以前は、顧客の注文に応じてシステムを手作りしていましたが、今は、クラウドベースのＥＲＰを提供する方式が主流となっています」

ＥＲＰとは、エンタープライズ・リソース・プランニング（企業資源計画）の略である。従来、企業は、製造・物流・販売・調達・人事・会計などのシステムを個別に開発していたが、これらを統合したＥＲＰパッケージソフトを利用することによって、全社の情報を一元化して、経営の効率化を図ろうとしている。

「新村さんは、ＥＲＰは経験ないですよね」

「はい、ありません。これから勉強していきたいと思います」

「熱意は買いますが、熱意だけではねえ……」

桧垣は、口元をゆがめ、あからさまに見通しがないと言いたげだった。さくらは、ショックを受けた。新しいことにチャレンジすると言ったのに、否定的にとられるとは思ってもいなかったのだ。

「ところで、育児のための短時間勤務の申請が送られてきていましたが、本当に申請するつもりですか」

桧垣は、上目づかいにさくらを見た。その目に不気味さを覚えた。獲物に忍び寄る爬虫類のような冷たい目だった。

「時短では、残業なしの所定時間より、二時間半も時間が短いのですよ。あなたは、ＥＲＰを習得するというが、短い時間でキャッチアップして成果を出せると思っているのですか」

さくらは、返事に窮して桧垣の顔をまじまじと見た。こんなことを言う人だっただろうか。以前も人間味にかけたところがあると思っていたが、今は機械のような冷たさが加わっていた。

「よく考えてください。会社は、言葉だけの意欲は評価しません。実際に数値化できる成果が全てです」

桧垣は、それだけ言うと視線を逸らせた。そこに唯一、以前の桧垣が顔をのぞかせた。この男は、真正面から相手の目を見ることができない。さくらは、記念すべき復帰初日に、冷や水を頭から浴びせられ、動揺したが、同時に憤りを覚えた。

「育児時短は、会社も認めている制度のはずですが」

やんわりと言い返す。

「それは、そうだが、職場の状況も考慮してくれないとね」

むっときたが、初日から、マネージャーと言い争ってもと、言い方を変えることにした。

「保育所は、育児時短を前提に申し込んでいます。今から変更するには、役所の手続きに時間がかかります。その間、働けなくなります。すみませんが、受理お願いします」

さくらは、頭を下げた。世の中では、少子化対策が色々出されている。東光だって、育児支援制度を整備しているとして、厚労省から「均等・両立推進企業」として表彰され、次世代育成支援対策推進法に基づく「くるみんマーク」の認定も受けていた。しかし、表の看板と実態は違うということだ。育児時短を当然の権利と思っていた自分の甘さを思い知らされた。

桧垣も言うだけ言ったので、矛を収める気になったのか、立ち上がって言った。

「わかりました。今回は受理しましょう。次は、よく考えてくださいよ」

育児短時間勤務の申請は、一年毎に更新しなければならない。来年が思いやられた。打ち合わせ場を後にする桧垣の背中を、さくらは唇をかみしめて見つめた。

桧垣との打ち合わせの後、自分の席についた。パソコンは、二年前とは異なる最新のものだ。電源を入れてオペレーティングシステムが新しくなっているのに、気づいた。家では、まだ古いものを使っているので、使い方がわからなかった。周りを見渡したが、あいにく美咲は席をはずして、不在だった。仕方がないので、近くに座っていた黒縁メガネをかけた若い男に声をかけた。二年前にはいなかったので、その後配属された新人なのだろう。

「すいません。パソコンをネットに接続したいんですけど、OSが新しくてわからないから教えてください」

黒メガネ君は、画面から目をあげて、一瞬迷惑そうな色を目に浮かべたが、黙って立ち上がると、さくらのパソコンのマウスを手に取った。そして、二、三回クリックすると、見覚えのある画面が表示された。

「ここで、ネットワークの設定をすればつながります」

それだけ言うと、黒メガネ君は自分の席に戻って行った。さくらは、渡されていた設定書に記載されている内容に従って、設定を行った。ネットワークケーブルを差し込むと、画面が変わってネットに接続できたことが確認できた。次は、メールソフトの設定だが、以前使っていたメールソフトは入っていないようだ。さくらは、また、黒メガネ君を見たが、画面を食い入るように見ている姿から、また邪魔をするのは気が引けた。設定書を読むとどうも別のメールソフトが標準になったようだ。そのソフトを探し当て、設定画面を表示したところで、運よく美咲が帰ってきた。さくらは、手をあげて美咲に助けを求めた。

「ねえ、メールソフト、変わっちゃったのね。設定画面これでいいのかしら」

「そうそう、クレジメントと合併して色々変わっちゃったのよ。標準化ということで」

「なんか、私、浦島太郎さんみたい。まるで変わっちゃったから、全然知らないところに来たみたいで」

さくらがぼやくと、美咲は気の毒そうな目で見た。

「そうですよね。二年は長いですよね。特にこの二年は、合併で何もかも変わってしまったから」

「驚かさないでよ。ところで、クラウドって何」

さくらは、さっき桧垣の話に出てきた用語でわからなかったのを尋ねた。

「私も、まだよくわかっていませんが、クラウドって、英語で雲のことでしょう。インターネットの雲の中に、サーバーやストレージなどの資源、人事管理、財務会計などのアプリケーションなどがあって、そのサービスをネットワーク経由で利用することのようですけど」

「ふーん、雲か。昔言われていたネットワーク・コンピューティングやアプリケーション・サービス・プロバイダーと同じようなものね」

この業界では、用語だけでも雨あられのように降り注ぐ。その技術を逐次把握して、最新の技術を常に追いかけて行かなければならない。さくらは、自分が何周もの周回遅れのランナーになったことを悟って、気持ちが重くなった。

2

昼休み、さくらは、近くの公園のベンチに腰を下ろしていた。コンビニで買った弁当を膝の上において、大きく伸びをして、深呼吸した。空は、曇っていた。おかげで、日差しを気にする必要もなかった。公園を取り囲む木々は、新緑の色を濃くしている。芝生では、トレーニングウエアを着た人が、思い思いにジョギングやストレッチをしていた。

公園の入り口に、長身の女性が現れた。手をあげて、小走りに駆けてきた。さくらも立ち上がった。さくらは、身長一五八センチで女性としては平均だが、宏美と向き合うと見上げるようになる。

「お待たせ」

「忙しそうね」

「うん、会議がね。長引いてね。自分が主催している会議だから、抜け出すわけにもいかなくて」

篠田宏美は、さくらの同期の親友だが、今は、企画部のマネージャーとして、会社の中枢で働いている。

さくらは、弁当を食べながら、今朝桧垣から面談で言われたことを話した。

「そんなこと言ったの。ひどい。今時、育児のための短時間勤務は、社会的な常識なのに」

宏美は、サンドイッチを持つ手を止めて憤慨して言った。

「あの人も悪くなったね。前は、あそこまでじゃなかったのに。アメリカ流の成果主義で責められるからだろうけど。部下の言うことなんかちっともかまわないで、どんどん押し付けてくるって、評判悪いね」

「やっぱり、そうなんだ。私、向かい合っていても話ができる気がしなかったもの」

「うん、だから、女性が働き続けるのは、どんどん厳しくなっているのよ。高橋麻衣さんっていたでしょ。彼女、退職しちゃった」

「この前の女子会に来てくれた人でしょ」

「そう、彼女、病気のお母さんを抱えていて、介護休業とか使ってがんばっていたんだけど、上司から最低評価をつけられて、折れちゃったのよね」

「ひどい」

「相談されたから、今やめたら生活成り立たなくなるんじゃないのって、言ったんだけど、もう、この会社に来るのがいやなんですって。会社に近づくと、胸が苦しくなるんだって。完全なメンタルよね」

予想はしていたが、職場が自分の知っている昔の職場ではなくなった現実を突きつけられて、さくらはショックだった。こんな殺伐としたところで、働き続けることができるだろうか。不安がこみあげてきて、さくらは、ごはんが喉を通らなくなった。しかし、浩樹が頼りにならない中で、千恵を育てるには、自分が仕事をやめるわけにはいかないのだ。天気予報の通り、風も出てきたので、二人は、公園を後にした。

帰りに駅の改札を出ると、細かい雨になっていた。さくらは、傘もささずに自転車置き場に急いだ。午後五時十分前、保育時間の終了間際だ。前に子ども用の座席をつけ、後ろに籠をつけた自転車を走らせた。霧雨が髪を濡らし、メガネを曇らせた。

定刻を少し過ぎてしまったので、自転車を止めるのももどかしく、門を開けて保育所に飛び込んだ。保育室の戸を開けると広い保育室の隅で、保育士の膝に座っていた千恵が顔をあげた。救われたような顔で駆け寄ってきた千恵を、さくらは両腕で抱き止めた。

「ごめんね。遅くなって」

謝るさくらに、千恵は無邪気な笑顔を浮かべた。

さくらは、柔らかな笑顔を浮かべて見守っている保育士に、頭を下げた。

「すみません。遅くなってしまって」

「いいえ、大丈夫ですよ。ちーちゃんは、本当に絵本が好きなんですよ。読んであげると本当に集中して聞いています」

タオルや汚れ物を袋に詰め込み、千恵にレインコートを着せる。黄色のテルテル坊主のようになった千恵を抱いて、玄関で保育士に手を振って別れた。

街灯が点灯し始めた道に、さくらが歌うアニメソングが響いた。千恵は自転車の前の席が好きだ。興奮すると座席ではしゃぐので、ハンドルを取られそうになる。

マンションに帰り着くと、荷物を放り出したまま、慌ただしく夕食の準備にかかる。家事の中で、料理はさくらが最も不得意とするところだ。不得意というより、一人暮らしの時は、外食かレトルト食品ですませていて、料理と言えるものはほとんどしたことがなかった。普通の女性が見せる美味しいものを食べることへの並々ならぬ欲求が、さくらにはなかった。どんな作り方をしたとしても、食べて胃の中に入ってしまえば同じ栄養ではないかと自答していたが、そこに自分が育った家庭環境が影響していることは、自覚していた。

食べ終わると千恵を風呂に入れる。さくらもいっしょに風呂に入る。緊張から解放されて、一日の疲れがどっと出て、さくらはお湯の中で眠りこみそうになった。

「ママ、ぶくぶく」

千恵に促されて、千恵の髪をシャンプーで洗う。泡を立ててやると、千恵は喜んで遊んでいる。

「お目目閉じててね」と、お湯を千恵の頭からかけてシャンプーを流すと、千恵の皮膚はプルンプルンだ。

お風呂から上がると逃げ回る千恵を追いかけて、パジャマを着せて、ふとんに寝かせる。千恵の大好きな絵本を読んでいると、さくらが先に眠ってしまいそうになる。一冊読み終わって、身体を軽く叩いていると小さな寝息を立て始めた。千恵の寝顔を眺めながら、慌ただしく過ぎた復帰一日目を振り返った。なんとか一日やり遂げた。これから、がんばって、千恵と一日、一日いっしょに成長していくのだと思いながら、さくらは過ぎ去った日々を思い返した。

3

さくらの故郷は四国で、育った住まいは、高台にある県営住宅にあった。中学生だったさくらが、部活を終えて帰ると、家には小学生の弟の大輔が一人でテレビを見ていた。台所の流しには、朝食の食器が積み重なったままだった。ため息をついて、食器を洗い始めた時、電話が鳴った。大輔はテレビの前から動かない。受話器を取ると、母の文子の声がした。

「今日も会議で遅くなるからね。夜ご飯は、松美屋さんで、好きなもの買って、食べといてね。お金は、タンスの一番上に入っているから。寝る前に、忘れずに戸締りしてね」

元々ハスキーだが、風邪気味なのか一段とかすれた声が、鼓膜に響いた。さくらは、受話器を持ったまま、またかと思って、返事もしなかった。無認可の保育所で働いている母は、保育所の運営で忙しくて、連日夜遅くまで働いていた。

「わかった？」

母に念を押されて、さくらは「わかった」と返事をして母が切る前に受話器を置いた。

松美屋は近くの肉屋だったが、惣菜も売っていた。さくらは、タンスから赤い財布を取り出し、弟を置いて家を出た。

ご飯をよそい、買ってきたから揚げとポテトサラダをお皿に盛った。冷蔵庫にトマトが残っていたので、スライスしてポテトサラダの横に添えた。麦茶をコップに注いだ。それが夕食の全てだった。

「また、から揚げ？」

大輔が口を尖らせた。

「文句言うんじゃないの。あんた好きだって言ってたじゃない」

「好きだけど、たまには別のも食べたいよ」

それは、自分も言いたいところだ。でも、さくらは、から揚げを口に放り込みながら、弟の不平を抑え込むように言った。

「どんな料理も、おなかの中に入れば同じよ」

夕食の後片付けをして、窓際に置いた机に向かうと暗闇に浮かぶ無数の灯が、よく見えた。あの一つ一つの灯の下では、親子が楽しい時間を過ごしているのだろう。先週の日曜日に、中学で仲の良い真奈美の家に行った。真奈美の誕生会だったのだ。真奈美の母親は、ふくよかな笑顔で、さくらたちに紅茶とケーキをふるまってくれた。招かれた友達は、プレゼントを差し出した。

さくらも出したが、さくらの包みは、一番小さかった。中身は、キティの絵のついたハンカチだった。さくらは真奈美が、プレゼントをこの場で開けないことを願った。その時、真奈美の母親が、一番大きな包みを持ってきた。

「真奈美ちゃん、ママからのプレゼントよ。開けてみて」

みんなが注目している中、出てきたのは、英会話の教材セットだった。

「ママ、これ、なあに」

真奈美は、不満の声を上げた。真奈美の母は、平然と答えた。

「真奈美ちゃんの目指す高校に入るには、英語の成績をもっと上げないといけないのよ」

真奈美は、私立の有名高校を志望しているのだ。真奈美の家は、地元の資産家で、父親は会社を経営しながら、町議会の議員もしていた。

「そういえば、さくらちゃんの誕生日は、来月よね。誕生会やるんでしょ」

真奈美に聞かれて、さくらは返事に困った。

「うちは狭いし、うちのお母さん、そういうのやるタイプじゃないから……」

自分の言葉が、その場の雰囲気を気まずくしてしまったことを、さくらは悔やんだ。

さくらの母親が、仲間と保育所を立ちあげて、がんばっているのだということは、何度も聞かされていた。みんなのためになることなのだから、誇らしいことで、胸を張ればよいと言われても、子どもだけの夜の寂しさや友達グループでの肩身の狭さは、胸を締め付ける現実の痛みだ。目標は、みんなが幸せになることだが、その順番はどうなのだろう。まず、自分のことをして、それでも余力があれば他人に力を貸すのはわかる。しかし、自分のことも満足にできていないのに、他のことのために駆け回るのは、順番が違うのではないか。さくらの胸に、何度も去来してきた思いだ。

自分の幸せは自分が責任を持たねばならない。幸せになるには、お金がいる。そのお金を自分で稼げるようになりたい。中学生の頃から、さくらが心の中で積み重ねてきた思いだった。

大学で情報工学を選んだのも、この思いから導いたものだ。女性が活躍できる分野としては、教育分野があると思ったが、教育・保育は母のイメージが重なった。母とは別の道に進みたかった。その点、新しい情報処理の分野なら、女性にも可能性があると思った。それに、どちらかというと数学は得意だった。

東光を就職先に選んだのは、インターンシップで職場の自由な雰囲気を感じたのと女性が力を発揮できるという説明を会社から受けたからだ。さくらが、就職したのは、一九九七年で就職氷河期の真っ只中だった。内定をもらうのに走り回り、東光から内定を受けた時は、飛び上がるほどうれしかった。

入社後、教育期間が終わって、最初に配属されたのは、計画より作業量が膨らんで、人手不足に陥ったプロジェクトの応援部隊だった。チームのリーダーは、川原という三十代後半の屈強な男だった。

「上は、何考えてるんだ。こんな火事場に、新人の女を投入してきて」

あいさつ代わりの言葉で、さくらの負けん気に火がついた。担当したのは、プログラムのテストで、様々なケースのデータを投入して、結果を記録する単純なものだったが、膨大な本数のプログラムがあった。さくらは、持ち前の集中力で、仕事をこなしていった。そして、綿密に結果を検証して些細な問題も見逃さず、欠陥を指摘した。

「新村。おまえのことを、プログラマーがなんて言っているか知ってるか」

チームの打ち合わせから帰ってきた川原が、笑いを浮かべて話しかけてきた。

「なんですか」

さくらは、画面から目を離さずに聞いた。

「鬼ざくら」

さくらは、首をねじって、川原に不満の視線を送った。

「いやか。でも、あだ名は勲章なんだぞ。プログラマーに恐れられて、敬意を払われている証拠なんだ。一年目から、そんな勲章をいただく奴は、めったにいねえ」

川原の説明を聞いて、喜んでいいのか、怒っていいのかわからなかった。

「ちなみに、川原さんもあだ名があるんですか」

さくらの質問に、川原は、よく聞いてくれたという笑みを浮かべた。

「鬼瓦」

「ぴったりですね」

川原は、満足そうに大きな口を広げて笑った。さくらも、つられて笑いながら、この仕事は、自分にあっているのかもと思った。

「ところで、今日は定時間日だから、定時でかえるんだぞ」

川原が管理者然とした顔を作って言った。

「残念ですが、今テストしているプログラムにも問題が見つかったので、今日も遅くなりそうです」

「おまえなあ。今月の残業時間、どれくらいか、わかってるのか」

「さあ、百は超えてるとは思いますが」

「百二十時間だ。新人に、こんなに残業やらせてと、俺は、マネージャーから怒られてんだ」

そう言いながら、川原は、困っても怒ってもいない顔をしていた。

「そういう川原さんは、今日は定時ですか」

「俺か、俺は帰れないんだ。もう一本終わらせて、それから進捗報告も書かないといかんから」

「じゃあ、私が、その一本やってあげましょうか」

さくらが言うと、川原は、あきれ顔をして言った。

「おまえ、俺より鬼だな」

さくらは、二年目からはシステムエンジニアと呼ばれるようになった。顧客の要望をヒアリングして、解決策を提案し、情報システムを開発する仕事だ。入社五年目からは小規模のプロジェクトでは、開発チームのサブリーダーとしてチームの作業進捗、コスト、品質の管理を担当するようになった。

納期が迫ってくると終電に間に合わず、タクシーで帰宅することも続き、土日も休日出勤した。女性にはハードな勤務だが、プロジェクトが完成した時の達成感は格別だし、顧客から感謝されると、努力が報われる気がした。それと同時に会社から適切な評価を得て、報酬の増加と昇格を受けることが現実的な励みになっていた。ＩＴスペシャリストの資格を取り、新入社員に教育を行う役割も受け持つようになった。

久しぶりに、大学の友人である佐竹環から、誘いがあって食事をすることになった。環とは、工学部の数少ない女子学生同士で何かと助け合ったし、卒業してからも、いっしょに旅行に行ったり、たまに会って、愚痴を言い合ったりする仲だった。

食通の環は、いろんな店を知っているので、さくらも社会勉強と思って付き合っている。通された席からは、美しい日本庭園が楽しめた。見事な枝ぶりの樹木と苔むした岩や灯籠が絶妙に配置され、騒がしい都会の中とは思えない涼やかな世界を作り出している。

「いいところね。よく来るの」

「たまに、心とおなかを癒しにね」

環が笑って答えた。環が豆腐料理がおいしいと言うので、さくらも同じものを頼んだ。ビールで乾杯して、料理に舌鼓を打つ。

「さくらは、どう？　仕事の方は」

「うん、まあ。相変らず忙しいけど」

さくらが、食べるのに気を取られて、あいまいに答えていると、環が改まった声で言った。

「私ね。結婚しようと思って」

「えっ」

さくらは、思わず声をあげて、環を見た。

「なによ。別に、変なことじゃないでしょ。もう、お互いいい歳なんだから」

「そうだね。それで、相手はどんな人なの。同じ会社？」

さくらは、箸をおいて、尋ねた。

「恥ずかしい話だけど、お見合いなの。親戚の紹介でね。相手は公務員。親戚の顔を立てて、会うだけって、会ったら、意外と気が合って」

「別に、恥ずかしいことじゃないでしょ。お見合いでも」

「大学は、親の反対を押し切って、工学部に入って、自分の道を進むって、見得を切ったけど。その仕事にも、ちょっと限界を感じちゃったのよ。まあ、正直な話、それがもう一つの理由かな」

環は、ちょっと自嘲気味な笑いを浮かべた。環も、大手のＩＴ企業に就職していた。

「限界って？　珍しいんじゃない。環が、そんな弱音を吐くなんて」

「うちの会社だと、そろそろ主任の昇格試験の時期なのよ。男性と張り合って仕事をしていくのは、体力的にもたいへんよ。結婚したら家事、育児が当然ふりかかってくるでしょ。それに、会社からは英語能力も高めろって言われて。私、英語苦手なのよね」

口元で微笑む環は、もう心を決めているようだ。さくらは、複雑な気持ちで、環を見つめた。東光でも管理職になるには、ＴＯＥＩＣ（英語によるコミュニケーション能力テスト）スコア５７０点以上が条件となっている。実際には、ネイティブと英語で交渉するには、ＴＯＥＩＣ８００点以上でも厳しいという声を聞くから、有効性には疑問があるが、ＴＯＥＩＣスコアは、ライバルと差別化するには有効な手段だと思って、さくらもひそかに英会話教室に通っている。

「それで、仕事はやめるの？」

「ええ、彼は、結婚したら家庭に入ってほしいって言うし」

「おめでとう。環。お幸せにね」

さくらは、祝福の言葉を口にしながら、一抹の寂しさも感じていた。環のような能力を持っている人でも、女性には越えられないような高い要求を次々につきつけられて、挫折してしまう。限界に挑戦して日々自己研鑽に努めて進むのは、確かに困難な道だと思った。

第二章　キャリアを求めて

1

入社八年目となり三十歳になったさくらは、三峰電機のシステム開発プロジェクトで、東光の開発チームのリーダーを拝命した。三峰電機は、パソコン・サーバーや事務情報機器を主力製品とする会社で、海外にも販路を広げつつあった。さくらは、過去にも三峰電機のプロジェクトに携わったことがあり、相手の情報システム部門にもなじみの人がいた。

今度のプロジェクトは、パソコン・サーバー受注時の納期回答システムの開発であった。その日は朝から、ずっとパソコンに向かってシステム提案書を作っていた。

さくらは、目を休めようと窓の外を見た。プロジェクト室は、ビルの九階にあって、窓からは林立する高層ビルが見えた。ビルの上空には、いくつかの白い春の雲が、つかず離れず、気ままに浮かんでいた。下に目をやると、公園の樹木は、降り注ぐ日差しを受けて、鮮やかな緑に輝いていた。地上を走る車の騒音も、ここまでは届かず、空調の効いたプロジェクト室は静かで快適だった。

提案書の作成は、ちょうど東光側の開発体制の項目にさしかかっていた。サブリーダーは、一年後輩の神谷敏郎で長年プロジェクトをいっしょにやってきた仲だった。メンバーとしては、今回新しく、今泉浩樹と渡辺慎二が加わった。さくらより三歳年下の浩樹は、大学院で数学を専攻し、パッケージソフト事業部に所属しているが、納期回答システムでは、高度な数学理論を使う必要があり、その対応として浩樹がメンバーに加えられたのだ。渡辺は、さくらより三歳年上だった。さくらは、キーボードを打つ手を止めて、桧垣との会話を思い出した。

「渡辺さんの経歴であれば、渡辺さんが今回のプロジェクトのチームリーダーになるべきじゃないですか」

さくらの質問に対して、桧垣は薄い笑いを口元に浮かべて答えた。

「まあ、扱いにくいかもしれないが、君もこれからマネージメントをする立場になるのだから、経験しておいて損はないよ。まあ、雑用でも何でもやらしてくれ」

桧垣の発言の意味は判じかねたが、それ以上の詮索を拒む雰囲気があったので、そのまま引き下がった。フロアの中で、チームメンバーは、まとまって座っていた。さくらの横に渡辺が座り、向かいに神谷と浩樹が並んでいた。渡辺は、大柄な体に似合わず、控えめでおとなしい男だった。初対面のあいさつでも、ぼそぼそと自己紹介した。服装も、どことなく緩んだ感じで、折り目がなくなったズボンをはいていた。それに対して、浩樹は中肉中背のさわやかな好青年であった。長い睫のまなざしが涼しげである。難しい資料を読んでいるのか、手を口元にあて、眉間にしわを寄せてパソコンをのぞき込んでいる。二人の机の上も対照的だった。渡辺の机にはパソコンの他に書類や文房具が散らばっていて、雑然としているが、浩樹の机には、ノートパソコン以外何も置かれていなかった。

突然、浩樹が顔をあげて、さくらを見た。真正面から視線があって、さくらは内心うろたえた。

「新村さん。明日の三峰さんとの納期回答ロジックの検討会ですが、ここを何時に出ますか」

さくらは、心の動揺を抑えて、淡々と答えようとしたが、頬が赤くなっているのを自分でも感じた。

「明日の午後一時からだけど、工場の方で打ち合わせだから、十一時にここを出て、向こうで食事しましょう。初回だから、あいさつがてらみんなで行きますか」

さくらの提案に、全員が顔をあげて、小さく頷いた。

一息入れようと、さくらが、給茶器でお茶を入れていると、肩を叩かれた。振り返ると、宏美が立っていた。所属は、さくらが、製造業を担当する第一システム部で、宏美は主に官公庁関係のシステムを担当する第二システム部だった。

「どう忙しい？」

「また新しいプロジェクトが始まったからね。でも、スタートしたばっかりだから、これからよ」

「ところで、新戦力はどうよ？」

宏美は、興味深そうに、チームメンバーの方を眺めた。

「ふーん、なかなかいい線じゃないの。彼」

「だめよ。うちのメンバーに手を出さないでよね」

さくらは、慌てて制したが、その声が高かったかもしれない。宏美に軽く笑われてしまった。

翌日、さくら達は三峰電機のF工場の門前に来た。門から敷地の奥へ、広い道路が一直線に伸びていた。片側はのこぎり屋根の古い平屋の工場が並び、向かいには新しい高層ビルが建っていた。守衛室で来意をつげて、ゲストカードをもらい、入場した。昼休みの終わり頃だったので、大勢の人が社員食堂から職場に戻って行くところだった。

「広いですね。どれだけの人が働いているんですかね」

渡辺は、あたりを見渡しながら、声をあげた。他のメンバーも驚きの声をあげたが、さくらも人数がどれだけいるのか知らなかった。高層ビルに入った時に、午後の始まりのチャイムが鳴った。

三峰の情報システム部は、三階にあった。案内されていた会議室に入って待っていると青い作業服を着た男が入ってきた。

「佐伯さん、お久しぶりです。また、ごいっしょに仕事ができて、うれしいです」

さくらは、課長の佐伯に頭を下げた。

「こちらこそ。よろしくお願いしますよ。新村さんがリーダーだと、こちらも心強いですよ」

佐伯は、黒縁メガネの奥の目じりを下げ、大きな声で言った。

検討会が始まり、佐伯が納期回答業務を中心とした現状業務とシステムの要求仕様を説明した。パソコン・サーバーの場合、顧客の要求に対応するために、幅広い構成のバリエーションがある。ハードウェアでは、ＣＰＵ（中央処理装置）の性能、メモリ（主記憶装置）の容量、ＨＤＤ（磁気ＤＩＳＫ装置）の容量、バックアップ装置、ソフトウェアではオペレーティングシステムの種類、出荷時インストールの有無などの顧客要求を受注時に把握し、顧客の要求納期に近い出荷可能日を計算して、納期回答を行う。自動車を注文する時に、車種、車体の色、エンジンの排気量等のスペック（仕様）を指定して、それに基づき出荷可能日が計算されて、納品日が決まるのと同じことだ。

出荷可能日は、必要資材の充当状況、生産ラインの負荷、配送所要日数を勘案して、計算する。企業としては、資金が眠っている状態である棚卸在庫を極力減らしたい。よって、受注して構成が確定してから生産着手するのが安全であるが、それでは顧客の要求納期を満足させることができない。そこで、リードタイムの長い部品の調達や中間半製品までの製造は見込み生産で行い、受注構成が確定次第、最短で生産を行って出荷する受注生産方式を採用している。納期回答では、計画されている出荷可能枠を引当てして確定する一種の座席予約方式により、顧客に納期を回答する。実際は、膨大な部品や様々な変動要素があり、回答納期の精度をあげるには、複雑な数式モデルを使用する必要がある。佐伯から配布された資料を一読して神谷は、悲鳴をあげていた。さくらにも難解であった。

ところが、浩樹が数式について、ポイントをついた質問をしたので説明していた佐伯の表情が変わった。佐伯から追加説明された数式を、浩樹はすばやく理解して、質疑を進めた。さくらは、短髪に刈り上げた浩樹の横顔を、うっとりと眺めた。さわやかなシャンプーの香りが漂ってくるような気がした。

さくらは、システムの仕様について、最初に浩樹に相談するようになった。さくらと浩樹は、システム設計書の作成で夜遅くまで働き、金曜日には、そのまま二人で飲みに行ったりした。

概要設計に対する顧客のレビュー（品質検証会議）が、四日後に迫ったある日、チームメンバーは、全員終電まで残業の毎日であった。午後五時になったが、今日も当然全員残ると思っていると、渡辺がさくらの席にやってきて、頭を下げた。

「今日は、ちょっと用事があるので、定時であがらせてもらいたいんですが」

午前中に行ったチームミーティングで、渡辺の担当する資料の進捗率は、まだ八〇％ということだった。

「資料、まだですよね。明後日、マネージャーも含めての事前レビューがありますけど、大丈夫ですか？」

さくらは、幾分いらついた声で言った。仕事を最優先で取り組むのが、当然だと思っていた。

「今日は、組合の会議が入っているので、残業できません。その代わり、明日早くきて、挽回します」

渡辺の返事を、さくらはよく聞き取れなかったので、聞き返した。

「組合って？」

「うちの労働組合です」

時折、門前でビラまきしているのを目にして、さくらは、自分たちの会社にも労働組合があるのかなあとは思ったが、入社時の人事部の説明では、東光にはそのような労働組合はなく、あるのは社員の親睦組織だけだと聞かされていたから、なんとも不可解だった。でも、あえて確かめようという気も起こらず、過ごしてきた。だから、実際に組合に入っているという人にあったのは、初めてだった。確かに、うちに労働組合があるのだ。

桧垣の思わせぶりな言葉が、よみがえってきた。さくらは、何か言おうと思ったが、適切な言葉が見つからないうちに、渡辺は、頭を下げて離れて行った。

社員食堂で、夕食を取っていると、前に宏美が、うどんをのせたトレーを置いて座った。

「がんばってるね」

「今週末に、システム設計書のユーザーレビューがあるの」

さくらが答えると、宏美が意味深な微笑みを浮かべて言った。

「聞いたわよ。イケメン君と夜遅くまで飲んでいたって、本当？」

蕎麦を口に入れようとしていたさくらは、むせてしまった。

「それ、誰からの情報？」

「誰でもいいじゃない。」

「もう。他に広めないでよね」

「もう遅いよ。みんな知っているもの。この種の情報が口コミで広がるのは、早いよ」

「みんなって」

「みんなよ」

「それ、宏美が広めたんでしょ」

「違うわよ。でも、どっちでもいいじゃん。いい機会よ。この際、結婚しちゃいなさいよ」

内心いい気分で、宏美と掛け合いをしていたが、結婚という言葉が急に現実味を帯びて、心に迫ってきた。もう三十路にはいった。大学の友人だった環は、結婚して仕事をやめていた。年賀状を交換している数少ない田舎の友達は、ほとんど結婚して、子どもが二人目という人も珍しくなかった。でも、今の会社では、同期の女性でも結婚している方が少なかった。会社から求められるキャリアを優先すると、結婚を真剣に考える余裕がなかったし、一人の方が、気楽で自由だった。しかし、心の底では、自分もいつかは結婚して、子どもを産んで、家庭を持つのだという人生設計を漠然と描いていた。

システム設計書のユーザーレビューが無事終了した夜、さくらは浩樹と食事をした。レストランが川沿いにあったので、食事の後で川沿いの遊歩道を歩いた。川面に街灯の明かりが、反射して揺れていた。

「新村さんみたいに一生懸命に働く女性を初めて見ました。どうして、そんなに働くんですか」

隣を歩く浩樹が尋ねた。

「働き蜂の母親からの遺伝かな。それと、弟が大学に行きたいって言った時、私が援助するからって、両親に見栄をきっちゃったからね」

川面からの涼しい風が吹いていた。ベンチでは肩を並べて語り合うカップルの姿があった。

「チームリーダーって、たいへんな役目ですよね。いろんな人がいるから、チームをまとめていくには気を遣うし、上からは納期だ、品質だ、コストだって、うるさく言われるし」

「まあね。でも、みんなが助けてくれるから、やっていけるのよ。私、ひとりじゃ、とても無理」

さくらは、浩樹には弱みを見せてもいいと、思い、率直に本音を言った。浩樹が、立ち止まって、さくらに呼びかけた。さくらが、振り返ると、浩樹が真剣なまなざしで、見つめていた。

「さくらさんの夢は何ですか」

いきなり聞かれたので、すぐに答えられなかった。自分の夢がないわけではないが、最近は、じっくり考えたことがなかった。

「お客様に喜んでもらえるシステムを作ることかな」

さくらは、しばらく考えて答えた。相変わらず、面白味のない答えしか思いつかない。

「僕の夢は、最高のＩＴエンジニアになって、ゆくゆくは自分の会社を興すことです」

浩樹は、さくらを見つめて続けた。

「僕らの夢には、共通するところがありますね。これから、いっしょに進んでいきませんか。仕事でも、プライベートでもパートナーになってもらえませんか」

さくらは、息をのんで、浩樹を見つめた。近づいてくる浩樹の瞳に、東京の空には見えない星が輝いている気がした。さくらは、そっと目を閉じた。

翌朝、目覚めたさくらは、あたりを見渡した。浩樹の部屋だった。さくらは、昨夜のことを思い出して、かけぶとんに顔を隠した。あれから二人で飲みに行った。そして……。浩樹は、隣で気持ちよさそうに寝ていた。部屋はきちんと整頓されていた。きれい好きな浩樹らしいと思ったが、ふと違和感を感じた。サイドボードに生花が飾られていたのだ。いくら、浩樹がきれい好きでも、さくらと同じように深夜まで残業をする生活で、生花にまで手が回るとは思えなかった。あの花は誰が飾っているのだろうか。浩樹に問いたいと思ったが、浩樹は起きそうになかった。

2

さくらと浩樹は、三峰電機のプロジェクトが終わって、結婚した。二人は、会社から一時間弱の郊外に、マンションを買って移り住んだ。

浩樹の部屋に飾ってあった生花の謎が解けたのは、初めて浩樹の家にあいさつに行った時だった。浩樹の実家は、丘の斜面を利用して造成した住宅地にあった。同じ広さの区画に建てられた住宅が立ち並んでいたが、長い年月を経て、住んでいる者の個性がにじみ出て、それぞれ違う風情を醸し出している。浩樹の実家は、モダンな感じの中にも落ち着きがあって、それほど広くはない庭だが、手入れされた藤棚の見事な紫色のすだれが目を引いた。

浩樹の後ろから、玄関に入る時、さくらは極度に緊張していた。それは、浩樹の両親も同じだったらしく、お互いにぎこちないあいさつを交わした。浩樹の父誠一は、保険会社の部長だったが、一年前に退職していた。しかし、髪も白いものは少なく、まだ十分現役として通用すると思われたが、穏やかな笑いを浮かべたまま、紳士然とした態度を崩さなかった。

反対に、母の雅子が二人分以上のにぎやかさであった。浩樹は一人息子だった。

「やっと肩の荷がおりるわ」

と言って、雅子は、さくらに頭を下げた。上品で、やさしい義母だと思ったが、自分を見る雅子の強すぎる目の光が、さくらは気になった。

食事で、アルコールが入ると、気持ちもほぐれたのか、雅子は、さらに饒舌になった。

「これで、もう部屋の掃除に通うこともないわね」

雅子の漏らした言葉に、誠一と浩樹が、表情を固まらせたが、雅子は意に介しない風であった。


新居にも雅子から度々、電話がかかってきた。贈り物を持って、訪ねてくることも、少なくなかった。さくらは、初めて浩樹の部屋に泊まった時に感じた違和感が、実像となって目に映るようになったと思った。

遅い夕食を取りながら、さくらは、テーブルの横に置かれた義母の送ってくれた寝具を眺めて言った。

「お義母さんのことだけど、ここまでやってもらうのは、どうかと思うのよね。感謝しなければいけないのかもしれないけど」

浩樹は、別の考え事をしていたようで気のない返事をした。

「別にいいじゃないか。母さんは、それが趣味のようなものだから。趣味を奪ったら、かわいそうだろう」

「でも、これじゃ、いつまでたっても親のすねを齧っているみたいだし、向こうの家のこともあるんだから、たいへんなはずよ」

「わかったよ。母さんに、やめるように言うよ」

浩樹が、最近何か考え込んでいるようなのは、気づいていた。さくらは、座り直して、浩樹を見た。

「最近、何かあったの。なんか考え事しているみたいだけど」

「実は、この前、外資のソフト会社に就職した先輩に会ってね。話を聞いて、うらやましくなったよ。若くても、チャレンジさせてもらえるし、だいたいスケールも違う。向こうは、世界を相手にビジネスをしている。それに対して、うちは国内の顧客に対する視点しかない。提案しても聞く耳のない上司ばかりだし。先日は、マネージャーと本気で言い争いになったんだ」

浩樹は、三峰電機の納期回答システムの開発が終わると、元の職場であるパッケージソフト事業部に戻っていた。

「それで、どうするの？」

「どうするって、何も決まっていないけどさ。一度だけの人生だから、飛んでみたいよね」

浩樹は、遠くを見る目をした。浩樹は、夢を持っている。東光は自分の夢への一ステップでしかないと浩樹は言う。さくらは、考え込んだ。浩樹の能力の高さは、十分知っている。東光の社内でも、技術、知識はトップレベルだろう。しかし、いっしょに暮らしてみて、さくらは浩樹の性格で、気づいたことがある。それは、移り気な性格で忍耐力が足りないということだ。今まで、常に勝ち続けてきたから、負けて悔しい思いをして、何度も起き上がってぶつかっていくという経験がなかった。そのことが一抹の不安だったが、本人は自信満々だった。それは、両親、特に雅子からの過剰な賞賛と甘やかせで、助長されていた。さくらが、転職の危うさを指摘しても、浩樹は、あまり真剣に聞こうとはしなかった。

ある朝、朝食の準備をしていたさくらは、炊飯器のふたをあけた時、つきあげるような吐き気に襲われた。流しにうつむいて、吐き気に耐えながら、さくらは、自分の不安が、はっきりとした形になったと思った。

さくらは、動揺しながらも出産予定日を計算し、今抱えているプロジェクトのスケジュールと照らし合わせた。今月で妊娠二、三か月だとすると、出産は、来年の三月か四月頃になるだろう。今のプロジェクトのリリースは、来年の三月だ。今年四月から始まったプロジェクトは、今概要設計が終わり、詳細設計を進めている。若干、遅れているが、「オンスケジュール（予定通り）」とプロジェクトマネージャーに報告したばかりだ。未練はあったが、臨月の体で、システムテストや移行作業を行うことは、想像できなかった。もう一つの選択肢が脳裏に浮かんだが、さくらは頭を振って、言葉にすることを拒んだ。早く診断を受け、はっきりさせて早めにリーダーを交代してもらう必要がある。さくらは、下腹に手をあてて、流し台に寄りかかっていた。

仕事の都合をつけて、休みを取り産婦人科を受診できたのは、一週間後だった。待合室には、マタニティードレスを着た妊婦で込んでいた。ゆっくりと立ち振る舞い、時折ふくらんだおなかに手をやっている。自分もああなるのかと、改めて自分の性を意識した。

二日前に、浩樹に会社を休んで産婦人科に行くと告げた時、自分のことに頭がいっぱいの浩樹は、「検診にでも行くの？」と聞き返したのだ。「違う」とぶっきらぼうに答えたさくらを、浩樹は不思議そうに見つめていたが、「えっ、できたの？」と小さな声で尋ねた。さくらが、頷くと、日ごろクールな浩樹が感情を表にだした。それには、驚きと喜びと不安が、入り交じっていた。それは、ここ数日、さくらが持て余してきたものだ。自分には身体の深部から立ち上ってくる実感があるが、男には女から告げられる言葉しかない。当然、それは薄く、移ろいやすいものだ。浩樹も一瞬の衝撃が過ぎると、

「そうか、とうとう僕も人の親になるのか。この歳で父親というのは、同期の中では早い方だな」

と他人事のような口ぶりだ。

医師は、四十代と思われる女性だったので、さくらは、ほっとした。診察が終わると、医師から「おめでとうございます」と言われた。自分で、ほぼ確信していたが、これで確定した。明らかに、今までと違う世界に足を踏み入れたのだ。

誰もいない部屋に帰って、一息つくと、さくらは実家に電話しようと思った。父が電話に出た。

「お母さんは？」

「まだ、保育所から帰っとらん。何か用か。帰ったら電話するように言おうか」

父の辰三は、若い頃は会社に勤めていたが、争議に関連して会社をやめ、いろいろなところを渡り歩いたが、長く続いたところはなかった。選挙で走り回っていた記憶しかない。母の文子も民間保育所の運営で夜遅くまで家を留守にすることが多かった。高校生になったさくらは、みんなのために活動するのは、良いことだが、そのために自分の家庭を犠牲にするのは、どうなのだろうと疑問に思った。そして、自分は自分のために生きると心に決めたのだ。大学も自分一人で決め、東京に出てからは、めったに帰省しなかった。

父は、定年になった今も、相変わらず出歩く方が多いようだ。母は、保育士をやめた後も、アルバイトで保育所を手伝っている。働き蜂のような自分の性格は、間違いなく母から受け継ぎ、働く母の姿を見て、刷り込まれたものだと思う。

「どうしたんだ」

父の声に、我に返った。

「うん、赤ちゃんができた」

少しのとまどいが電話の向こうから伝わってきた。最初に母に伝えて、母から父に言ってもらうべき事だったかもしれない。

「そうか、よかったな。大事にしろ。母さんには伝えておく」

父にすれば、精一杯の祝いの言葉だったろう。大阪で家庭を築いている弟には、すでに子どもが一人いる。父にしてみれば、二人目の孫なので、それほどの感慨もないのかもしれない。

それに比べ、浩樹の両親の反応は、一家の大事件という大騒ぎになった。浩樹から電話してもらうと、雅子の高い声が一段と高く漏れ聞こえた。手で耳を押さえた浩樹が、受話器を差し出して、「代わって」と合図した。受話器を取ると、興奮した雅子の声が、きんきんと耳に響いた。

「さくらちゃん、おめでとう。よかったねえ。ありがとう」

さくらが応えていると、向こうから、「早く代われ」という誠一の声が割り込んできた。浩樹の両親にしてみると、一人息子の子ども、彼らの初孫だ。喜んでもらえるのは、やはり、ありがたいことだった。特に、今まで紳士然とした佇まいを崩さなかった義父の喜びの声を聞いて、さくらは自分をほめてやりたいと思った。

その夜、母から電話があった。

「さくら、おめでとう」

「ありがと」

その後、微妙な間があった。

「こっち帰ってきて、産むのかい」

「産休まで働かないといけないし、病院の先生がいい人だから、こっちで産もうと思ってる」

「そう」

ちょっと寂しそうな母の顔が浮かぶ。でも、忙しい母の負担になりたくなかったし、一人で生きていくと心に決めて、東京に出てきたのだ。

「元気な赤ちゃんが生まれるように、安産祈願のお守りを送るから」

そう言って、母は短い電話を切った。母に、もっと不安を訴えて、甘えてもいいのではないかと思うが、何かが、それを押しとどめてしまう。

3

家族からの祝福は、さくらを励ましてくれたが、不安は残った。一番の不安は、職場の反応だった。翌朝、朝礼が終わって、上司の仕事が一段落したのを見極めて、マネージャー席の前に立った。

「あの、ちょっとお話があるのですが、よろしいですか」

さくらの改まったあいさつに、マネージャーの桧垣は、身構えるような表情をしたが、さくらに椅子を勧めた。

「なんだね。プロジェクトで何か問題が出たのかね」

「プロジェクト関係と言えば、そうですが、実は……」

さくらは、ためらいを感じて、言葉が途切れたが、思い切って続けた。

「実は、私、赤ちゃんができまして」

「赤ちゃん。あっそうですか。おめでた……ですか」

桧垣は、意外だったのかとまどいを見せてから、無理やり口角をあげて、笑いを作った。それから、声を大きくして「おめでとう」と付け加えた。その声が静かな朝のフロアに響き、グループのメンバー全員が注目した。一呼吸おいて、拍手とお祝いの言葉が沸き上がった。さくらは、椅子から立ち上がって、グループメンバーにお辞儀を繰り返した。突然の拍手に、近くの別グループの人たちも、何事かという顔で見ていた。さくらは、椅子に座り直して桧垣に言った。

「予定日は来年の四月ですが、今のプロジェクトは、三月リリースなので、残念ですが、最後まで担当することはできません。区切りのいいところで、リーダーを交代しなければならないと思います。今月末が詳細設計完了ですので、そこで交代が適当と思いますが、どうでしょうか」

椅子の背もたれに寄りかかっていた桧垣は、すでに別のことを考えていたようで、さくらの提案に気のない返事だった。

「わかった。部長とも相談して、後任を考えとくよ」

マネージャー席から戻って、さくらがお茶を飲もうと給茶台に行くと、隣の部の宏美がさっそく聞きつけて近づいてきた。

「さくら。おめでとう」

振り返って、さくらが礼を言うと、宏美も並んで、給茶器を操作しながら、顔を向けずに言った。

「さくら、仕事やめないわよね」

いきなりの問いかけに、驚いて見返すと、宏美の真剣な目とぶつかった。

「この会社は、『均等・両立推進企業』と言っているけど、実際は結婚して出産して子育てしながら働いている女性は、ほとんどいない。がんばっても出産までで、みんなやめちゃう。さくらには、ぜひ、道を切り開いてもらいたいのよね」

「私、仕事やめるつもりないから」

さくらは、ぶっきらぼうに答えた。女性の新しい道を切り開くという立派な理由ではなかった。さくらが働かないと、今の生活を維持できないという現実があったが、働くことは、さくらの意地というのが一番だった。封印していた記憶が、鈍い胸の痛みを伴ってよみがえってきた。

あまり熱心に勉強していなかった弟だったが、進路を決める段になって、急に東京の私立大学に行きたいと言い出した。就職して一年目だったさくらは、たまたま帰省していたが、何の話からだったか、両親と口げんかになった。

「みんな東京に出て行ってしまう。お金もかかるから、こっちの大学でもいいんじゃないの。寂しくなるし」

母がこぼした愚痴に弟はうつむいた。父は黙っている。さくらは苛ついた。

「息子が東京の大学に行くくらいのお金は、蓄えておくのが、親としての最低の責任でしょ。そんなこともできなくて、恥ずかしくないの。親ができないのなら、私が、面倒見てやるわ」

言い過ぎたと後悔した。父は目をつぶって口を固く閉じている。母は、目をうるませて睨んでいる。

「とにかく、私は、東京で生きていく。上を目指すなら、日本で一番のところに行って、勝負しないと。こんなところでくすぶっていたら、お父さん、お母さんレベルで終わってしまう」

「とにかく、私はこっちには帰ってこないから、二人で生きて行くことを考えてね」

幼い時から心に鬱積していた思いが、残酷な言葉となって、とどめようもなく次々に飛び出した。思い出すと、恥ずかしくて大声で叫び出したくなる。

週末、浩樹の両親が、食材をいっぱい買い込んでやってきた。雅子がエプロンをつけて、料理を始めたので、さくらも台所に立った。

「お義母さん、すみません。私がやらないといけないのに」

「いいのよ。ごめんなさいね。勝手に始めちゃって。でも、どうしても、お祝いがしたくて」

さくらは、自分の料理下手を自覚しているので、雅子のじゃまにならないように、動くことにした。ほどなく食卓の上に、雅子の手料理が並んだ。手持ち無沙汰をしていた誠一と浩樹は早々とテーブルについて、酒を酌み交わしていた。テンションが上がっていたのは、浩樹の両親だった。さくらは、懸命に二人に相槌をうっていたが、浩樹は時折返事を返すぐらいで、別の話を切り出すタイミングを計っている感じだった。

「この子ができた時、私はデパートで働いていたの。うれしかったわ。だって、結婚して五年も経っていたから、周りから、まだかまだかって言われるし。やっと、嫁になれたって気がしたわ。この人は、いつも帰ってくるのが遅いから、頼りにならないでしょ。絶対、元気な子を産むんだって、デパートはすぐやめちゃった。だって、仕事中に何かあったら、たいへんでしょ。ねえ、さくらさん。子を産み、育てるのは、女にしかできないことよ。この世の中で、これ以上に大事なことはないのよ。働くのは誰にでもできるし、男にまかせておけばいいのよ」

義母の言葉が、心にひっかかった。言うべきか迷ったが、最初にはっきりさせておいた方がよいと思った。

「お義母さん。あの、私、子どもができても働こうと思っているんです」

「まあ！」

雅子は驚きの声をあげ、夫の顔を見たが、如才なく会話を続けた。

「そうなの。私たちの時代とは、時代が変わってきているから、それぞれの考えだと思うわ。でも、子育てしながら働くのは、たいへんよ。よっぽど、周りの協力がないとね。もちろん、私たちもできる限りのことはするけど。浩樹はどう思っているの」

いきなり話を振られた浩樹は、食べていた手巻き寿司を飲み込んで、口を開いた。

「それは、僕も気になっていたんだ。僕らの仕事は、健康な独身者だってきついからね。どうしても長時間勤務になるし、取引先や顧客との調整は、ストレスの元だし、技術進歩についていくには、勉強はかかせない。でも、さくらから仕事は取り上げられない。この人の仕事への情熱は、並じゃないから。まあ、子どもが小さい時は、最前線じゃなくて、後方支援の仕事を勉強するのも後で役立つと思うから、考えてみた方がいいと思う」

さくらは、浩樹なりにさくらの将来を考えてくれているんだと思ったが、浩樹も、やはり子育ては、母親がやるべきで、その間は、後方支援に甘んじるべきだという考えなのかと、正直納得しがたいものが残った。

「それから、前から話そうと思っていたんだけど、実は転職したいと思ってるんだ」

「誰が？」

誠一が理解できないという顔で、つぶやいた。

「もちろん、僕のことだよ。前から、外資系に行きたいと思っていたんだけど、この前、先輩にあって話を聞いて、ますますそういう気持ちが強くなった」

「おまえ、大丈夫なのか。子どもができる時に転職なんて」

「でも、転職するなら三十歳前までだからね。先輩の会社は、完全に実力主義で海外のプロジェクトにも加われるんだ」

「海外って、子どもが病気になった時、父親が海外じゃ、さくらさんも一人で困るだろう。それとも、家族でいっしょに行くのか」

最後の言葉を、誠一は躊躇しながら言った。その気持ちの乱れは、雅子と浩樹にも伝染したようだ。雅子は、顔をしかめた。

「海外勤務は、子どもがたいへんよ」

雅子の視線を受けたさくらは、無言で頷いた。

「まあ、他人の庭はきれいに見えるから、誰でも若い頃は、転職を夢見るものだ。まあ、よく考えることだ。でも、そうなると、さくらさんは仕事やめられないなあ。よし。我々も全面的に協力しなくちゃ。かわいい孫のためだから」

誠一の言葉が終わるや否や、雅子の突込みが入った。

「あなた、その言葉忘れないでくださいね。三人証人がいますからね。全面協力するためにも、自分のことは自分でやってくださいね」

「いやー、これは参った」

誠一が頭に手をやって笑い、三人もつられて笑った。

二人が帰り、食器を片付けて、さくらがリビングに戻ると、浩樹がめずらしくウイスキーを飲んでいた。

「飲む?」

浩樹に勧められたが、さくらは「いらない」と断って、浩樹の隣に座った。

「そうか、ごめん。でも、あれだけの酒豪だったのに、これから一滴も飲まないの」

「飲まない。飲みたくないもの」

「へえ、なんかすごいね。女性って」

さくらは、グラスを傾ける浩樹の肩に、頬を寄せた。

「私、緊張している。大きなプロジェクトが始まる直前のような感じ」

浩樹は、答えの代わりに手をしっかり握ってくれた。さくらは、頭を浩樹の方に預けて目を閉じた。

4

文明が進んでも、女は原始時代に洞穴で生きていた時と同じ状況に戻る時がある。

歯を食いしばり、唸り声をあげて、さくらは母が送ってくれた安産祈願のお守りを握りしめて痛みに耐えた。

産着にくるまれた我が子が看護師に抱かれてきた。

「女の子ですよ」

我が子を両腕でだきとめた。湯気が出ているような赤い顔をしげしげとながめた。目や鼻は自分が赤ん坊の時に似ている。口元は浩樹だろうか。

「おっぱいをあげてください」

看護師に促されて、とまどいつつ、胸をはだけて、我が子の口に乳首を近づけた。子は目が見えていないのに乳首に吸い付き、モミジより可憐な手を添えている。母乳が出るか心配だったので、左手で少し乳房を押した。子が口を離すと、乳白色の液体が滲み出た。

「出てる。すごい」

さくらは、自分の体の変化に驚き、声をあげた。

生まれたのは、午前十時頃だった。午後に浩樹の両親がきてくれた。そして、浩樹が来たのは、夕方六時ごろだった。順番が逆でしょとさくらは思ったが、口には出さなかった。今までのどのプロジェクトより、大きな達成感と心地よい疲労を感じて、さくらはうつつと夢の間を行き来していた。

最近は、出産に立ち会う夫が増えているらしい。しかし、浩樹は仕事があると言い訳した。さくらは、どちらでもよかった。浩樹は、出産の修羅場に立ち会うのが、いやなのではないかと思った。

「見てきた。確かに目と鼻は、さくらに似ているね」

浩樹がかける声に、目を開けようとするが、まぶたが重い。ようやく、目を開けて、微笑んで親指をあげた。

「グッ、ジョブ」

浩樹も同じしぐさを返した。

「名前だけど、千恵というのはどう。さくらの子だから、チェリー。千恵。千の恵み」

千の恵み。私にとって、かけがえのない恵みに違いない。疲労のため、再び薄れていく意識でさくらは思った。

千恵は、母乳をよく飲んだ。さくらは、自分がそうであったように、千恵も健康優良児だと信じていた。しかし、産後の一か月検診で思いもかけぬことを、担当医から告げられた。

「血液検査で、異常が見つかりました。甲状腺から出るホルモンの値が低いです。さらに詳しい検査のため入院が必要です。詳しいことを説明しますので、ご主人といらっしゃってください」

青天の霹靂だった。頭が真っ白になった。生後一か月の我が子を入院させることは、思いもよらぬことだった。浩樹に電話すると驚いていたが、

「わかった、仕事を定時であがって病院へ直行する。病院で待っていてくれ」

と言ってくれた。二人で受け止められるのは心強かった。一旦、家に帰った。食欲はなかったが、母乳が出なくなると困るので、無理をして食べ物を口に入れた。ベビーベッドで寝ている千恵を見て、妊娠中の生活を振り返った。悪阻《つわり》の時、栄養不足になったのかもしれない、それともプロジェクトでの不規則な生活やストレスが良くなかったのかと、次々に悪い想像が浮かんできた。

午後六時に病院の待合室に浩樹が現れた。千恵は、事情を説明して雅子に見てもらっていた。二人で担当医の部屋まで無言で歩いた。担当医は吉住と名乗った。柔らかい笑顔を絶やさない三十代後半と思われる男だった。甲状腺機能低下症、甲状腺刺激ホルモン等の言葉が、次々と説明されたが、さくらの記憶の網から漏れ落ちて行った。このまま治療しないと、成長がとまって知能低下も招くと言う。さらに詳しい検

査が必要なので、入院していただきたいという言葉で締めくくられた。浩樹が何か質問し、医師が答えていた。

「入院で付き添いはできますか」

さくらの質問に、医師はやさしく微笑んで答えた。

「ここは完全看護ですから、付き添っていただかなくてもけっこうですが、ご希望であれば補助ベッドは用意できます」

「ぜひ、お願いします」

さくらは、頭を下げた。

検査は、採血から始まった。しかし、千恵の細い血管に注射針を通すことは、至難の業であり、若い担当の医師は、何度も失敗した。その都度、千恵は火がついたように泣いた。千恵が動かないように抱きかかえていたさくらは、胸がつぶれる思いがした。医師が焦っているのが、伝わってきた。さくらは、自分の胸を注射針で刺されている気がして、耐えられなかった。

各種の甲状腺刺激ホルモンを投与して、血液の状態を調べる。注射の連続だった。そのため千恵は、白衣を見ると条件反射的に泣き叫ぶようになった。

検査入院は、一週間と言われていたが、さくらには耐え難い日々だった。食欲はなかったが、母乳を出すためにと食べ物を無理やりのどの奥に押し込んだ。千恵の寝顔を見ながら、細切れに浅い眠りについた。

入院中に、雅子が見舞いに来た。さくらの顔を見て、雅子が驚いたように言った。

「ちょっと、やつれたんじゃない。家に帰って休んだら。その間、私が見ているから」

雅子の言葉は、ありがたかったが、さくらは千恵から一瞬も離れたくなかったので、断った。

「浩樹は来ているの」

「いいえ、仕事が忙しいんだと思います」

疲労とストレスがピークに達しているさくらには、一番触れたくない話題だった。仕事が忙しいのはわかる。しかし、我が子の看病に疲れてボロボロになった妻が、一言やさしい言葉を期待するのは、わがままなことだろうか。

検査が終了し、担当医から検査結果が説明された。甲状腺機能低下症と正式に診断され、治療方法としては定期的に甲状腺刺激ホルモンを投与して、採血でホルモンの状態を観察することであった。

「これで、体と知能の発達が止まるのを防げるのでしょうか」

「大丈夫です。ホルモンの値を管理していけば、正常に成長を促していけます。但し、一生、薬を服用し続ける必要があります」

「一生ですか？」

さくらは、浩樹と顔を見合わせた。この子は、ずっとこの病院とつきあっていかなければならないのかと思ったが、とりあえず解決策が見つかった安堵感の方が強かった。

自宅に戻ると、さくらは、浮き袋の栓がぬけたようになって、眠り続けた。千恵の授乳には朦朧とした意識で起きたが、それ以外はずっと眠り続けた。浩樹に申し訳ないという気持ちはあったが、体がいうことをきかなかった。

さくらの体調が戻ったのは、それから一か月もたってからだった。

第三章　スカイプ夫婦

1

千恵が生まれて半年くらい経った頃、職場の友人で女子会をやるので、千恵を連れて参加してほしいと宏美から誘いを受けた。女子会の会場は、イタリアンレストランだった。レストランに生後六か月の千恵を連れて行くことにはとまどいがあったが、会場はこぢんまりした二階建ての店で二階の奥まった部屋を予約してくれていた。ドアで仕切られていたので、さくらは、ほっとすることができた。

さくらが部屋に入ると、テーブルについていた女性たちが、いっせいに立ち上がり、千恵に群がってきた。

「きゃー、かわいい」

「ほんと、ちっちゃくてお人形みたい」

だっこしているさくらの周りで、女性たちが黄色い声をあげたので、千恵が目をさました。おなかもいっぱいだし、十分寝たので、千恵はご機嫌だ。あやされるとにっこり笑う。

「笑った。もうー、癒されちゃう」

あやしていた宏美が、両頬に手をあてて、とろけるような目をした。『いいぞ、千恵ちゃん、その調子』と、さくらは心の中でつぶやいた。この日のために千恵には念入りにおめかしをした。花柄のベビー服は、ブランド品だ。靴下も、ベビー服とお揃いだ。

参加者で、面識があったのは、宏美の他には、白石美咲、藤川萌、高橋麻衣だった。他に初対面の人が、二人いた。彼女らは、新しいプロジェクトに参加している協力会社の社員だと紹介された。高橋麻衣は、控えめで静かに、周りの話を聞いていた。

さくらが気にしていたのは、自分が産休に入る前に担当していたプロジェクトのことだった。

「あのシステムは、無事リリースして、運用に入っているけど、その後がね……」

宏美は、そう言って、隣に視線を移した。

「ユーザーから、第二ステップで機能追加の依頼がきて、渡辺さんと仕様の取りまとめをしているんですけど、難航しているんです」

さくらは、渡辺と聞いてすぐに思い出せなかったが、前に担当したプロジェクトのメンバーにいたことを思いだした。

「渡辺さんがメインで、私がサブで担当しているんですけど、私は、第一ステップに参加していなかったから、現状機能を把握するのだけでもたいへんなんです」

白石美咲が話した。美咲は、入社三年目のはずだ。今まではプログラムの詳細設計やプログラム言語による記述作業、テストを担当していた。そろそろシステムの機能設計を行う工程を担当しても良い頃だが、いきなり第二ステップの機能追加の担当では、荷が重いかもしれない。

「桧垣マネージャーのパワハラがひどいよね。みんなが見ている前で、渡辺さんを怒鳴りつけて、何年、この仕事をやってんだ。給料のただどりじゃないかって。隣の部にも聞こえるような声でやるんだから、周りの人も、迷惑よね」

宏美が割り込んで言った。

「渡辺さんは誠実な人だから、一生懸命努力しているんだけど、だいぶ精神的にきついみたいです。打ち合わせの時も、時々、ボーとしていることがありますから」

美咲が、視線を落として言った。チームがうまく行っていない時は、サブの美咲も負担が増えて、つらい思いをしているのだろう。

「さくらさんがいた時は、びしっとマネージャーに言ってくれたからよかったけど、今は、もう誰も面と向かって言える人がいなくて、マネージャーも自分で抑えがきかないのか暴走しまくりです」

高橋麻衣が、いつになく強い口調で言ったので、周りの人が驚いて、彼女を見た。

「部長に言ってみたらどうなの」

さくらが提案すると、宏美の辛辣なコメントが返ってきた。

「だめだめ、お飾りだもの。ちょっと声を下げて、冷静にって言うくらいで、何もコントロールできないよ」

皆が一様に頷いている。部長は、さくらが産休に入る前に他から移ってきた人で、実務を把握していない。桧垣に頼らざるを得ない状況なので、強く言えないのだろう。

「あっそうだ。今日は、宏美さんの昇進を祝う会でもあるんですよね」

美咲が、雰囲気が重くなったので、話題を変えるように言った。

「なんだ、そんなこと企んでいたの。そんなことしなくていいのに」

宏美は照れた。マネージャー試験には、前年に合格していたが、発令は新年度になったのだ。

「そうなんだ。おめでとう」

さくらは、率直にお祝いを言った。

「うん、今度、マネージャーになった。でも企画部に移るから、仕事が変わるの。また、一から覚えなくちゃいけない」

「企画部なら、会社全体が見渡せるから、宏美には、あっているんじゃない」

祝福しながら、同期の宏美が、管理職に昇格したことにはかすかな衝撃が心に残った。どんどん差が広がっている。私も産休を取らなければ、昇格できたのだろうか。

「さくらさん、ご主人は、パッケージソフト事業部ですよね」

藤川萌が、舌足らずな声で言った。

「あっ、うちの旦那。うん、そう、あそこも忙しくて、毎日遅い」

浩樹の話題が出たので、さくらは、少々慌てた。

「私、今泉さんのファンだったんです。かっこいいんですよね。背が高くて、頭良くて、憧れていたんです」

「うん、この人、面食いだから」

宏美が、茶化すように言って、それからは普通の女子会の話題で盛り上がった。二時間ほどランチを取りながら夢中でおしゃべりをして、さくらも日頃のストレスを発散することができた。千恵が、少しぐずり始めたので、二次会に行く彼女らと別れて、家路についた。

電車に揺られて、車窓をながれる白い雲を見ていると、いろんな思いが浮かんでは消えた。荒れている職場が脳裏に浮かんだ。桧垣も会社からのノルマがきつくて、ぴりぴりしているんだろう。そんな中に復職しても、子どもを抱えて、前と同じように働けるだろうか。子育てがあるので、当然、働く時間は制約を受けるだろう。限られた成果しか出せない働き方に、会社がいい顔をするとは思えないし、自分自身も中途半端な働き方に満足できずフラストレーションを抱え込むことになるに違いない。ならば、思い切ってやめることも頭に浮かんだが、結論が出るはずもなく、思いは堂々巡りするばかりだった。

2

沙織とは、近くの公園で会った。さくらは千恵をベビーカーに乗せて、マンションの近くを散歩していた。歩きながら、ベビーカーを前後にゆっくり動かすと向かい合った千恵が、うれしそうに笑った。この安らぎは何物にも代えがたいものだった。さくらは、育休を取ってよかったと、しみじみ思った。夏の間は、熱中症が心配で、あまり外に出なかった。お彼岸が過ぎ、さわやかな秋風に誘われ、外に出たのだ。

マンションから、なだらかに続く坂を下りて行くと、遊歩道がある。遊歩道を進んで行くと両側から覆いかぶさるように枝を伸ばしているのは、桜だ。今は、茂る葉が日陰を提供してくれる。春には、桜のトンネルになる。遊歩道の脇に小さな広場があった。ベンチが二つ置かれていた。ベンチに腰掛け、ベビーカーと向き合う。千恵は、ベビーカーから秋風にそよぐ葉や空に漂う白い雲を目で追っていた。

「こんにちは。ごいっしょして、よろしいですか」

見上げると、長い黒髪の女性が、男の子を乗せたベビーカーを押して、微笑みながら立っていた。おちついた感じで、さくらより年上に見えた。男の子は、千恵よりも大きく、一歳を過ぎているように思われた。ただ、瞳の大きい両目は焦点があっていないようで、おちつきなく動いていた。

「どうぞ、私も今来たところです。涼しくなったので、やっと外に出てきました」

「私も」

そう言って、その女性は黒髪をかき上げながら笑った。その笑顔に、さくらは、この人となら仲良くなれそうだと思った。

「何か月ですか」

「やっと、六か月になりました」

「うちの子は、一歳と九か月。成長に遅れがあるの」

沙織は、宙《そら》と名付けたという息子の縮れ毛をなでながら、明るく言った。病気も縮れた髪の毛と同じく一つの特徴にすぎないという感じだった。

「うちは、一か月検診で病気が見つかって、一週間も入院したんです」

さくらも自然に千恵の病気のことを話すことができた。沙織は身を乗り出して真剣に聞いてくれた。さくらは自分の仕事や育休中であることを話した。

沙織は、企業の研究所で働いていると言った。今は二年間の育休中なのだという。

「そうすると、もうすぐ復職ですね」

「そう、もう色々準備でたいへん。まず、保育所でしょ。区役所に行ったりして、さがしているの。近くていいところとなると、なかなかないわね」

沙織が初めて顔を曇らせた。二時間ぐらい話していたが、夕暮れが迫ってきたので、また会うことを約束して、メールアドレスを交換して別れた。

　次に、沙織と会ったのは、買い物の帰り道だった。ベビーカーを押しながら歩いていると、目の前に同じようにベビーカーをゆっくり押している女性の後ろ姿があった。後ろ姿であったが、その長い黒髪から、沙織に違いないと思い、さくらは足を速めて、並びかけた。

さくらが、声をかけるまで気付かないほど、物思いにとらわれていたのか沙織は、大きな目を見開いて、さくらを見た。

公園のベンチに、沙織はいかにも疲れたという様子で、ゆっくり腰を下ろした。

「今日、区役所と保育所を回って、いっぱい話をしたから疲れちゃった」

「それで、保育所は見つかりそうなんですか」

「うん、うちは母子家庭だから、配慮してくれて、なんとか入れそう。もっと、早く動き出せばよかったのよね。いつも、ぎりぎりにならないと腰を上げない性分だから」

沙織は、自嘲気味に微笑んだ。

「でも、よかったですね」

さくらは、我がことのように喜んだ。

「ありがとう。それは、よかったんだけど」

沙織は、ため息をついて続けた。

「来週、勤務先で復職の件で、打ち合わせがあるんだけど、その時に宙をみてもらうところがなくて。母にも頼んだんだけど、ちょっと、今体調崩していて」

「そうなんですか」

さくらは、視線を漂わせている宙を見た。それから、勇気を出して言った。

「じゃ、その日、私が宙君を見ててあげますよ」

「えっ、そんなの悪いわ」

沙織は、困惑の表情を浮かべた。

「私、今は千恵と二人だけで家にいるでしょう。だんなは朝早くて、深夜にならないと帰ってこないから、全然大丈夫です。ただ、宙君のことを十分にわかっていないから、注意するところを教えてください」

さくらが強く言いきると、沙織は目を潤ませて、さくらの手を取った。

「ありがとう。助かるわ。どうしようかと思っていたの」

「うち、この近くだから、今度来る時のために、ちょっと寄っていきませんか」

さくらは、沙織が負担に思わないように、気軽に振る舞い、先にベンチから立ち上がった。

翌日、沙織と宙がやってきたのは、九時前だった。千恵の朝食が終わったばかりだったので、片付けはできていなかった。

「ごめんなさい。朝早くから」

「大丈夫ですよ。散らかってますけど」

沙織は、何度も頭を下げた。宙の昼食やおやつもタッパーに入れて持ってきた。くまのぬいぐるみもあった。

「この子、これがないと眠れないんです」

沙織さんは、一時頃には迎えに来るからとさくらに言い、宙の頭をなでた。パンツスーツをきっちり着込み、化粧も隙のない気合の入ったメイクアップだった。

宙は、玄関を出て行く沙織を見ていたが、目の玉は、落ち着きなく動き、感情を読み取ることはできなかった。

千恵のベビーベッドを置いた南向きの部屋に、宙を連れて行き、持ってきたぬいぐるみやおもちゃを渡すと、おとなしく遊び始めた。さくらは、頻繁に部屋をのぞきながら食器洗いや洗濯を始めた。

千恵の泣き声がしたので、あわてて部屋に行ってみると、泣いている千恵のベッドの横に宙が立っていた。とっさに、宙が千恵に何かして千恵が泣き出したのかと思った。しかし、宙の様子から、千恵が目覚めて泣き出したので、宙が近づいてきただけのようだ。千恵に近づくと便の匂いがした。

「ちーちゃん、快調、快調」

さくらは、千恵の紙おむつを替えてやった。洗濯物は、まだ終わっていなかったが、後でやることにして、子ども達と遊ぶことにした。

ボールをころがすと、宙は目で追っていた。さくらが、「宙ちゃん、取ってきて」というと、よっこらしょと立ち上がって、ボールを拾いに行った。ぷよっとしたお尻のかっこうがかわいい。ボールを拾うと、よちよちと歩いて、持ってきた。

「ありがとう」

笑って、ボールを受け取ると、宙も口をいっぱい広げて笑う。赤ちゃんは、なんてかわいいんだろう。千恵を片膝にすわらせて、宙とボールや積み木で遊び続けた。

二十代の時、さくらは、あまり子どもの相手が得意でないと思っていた。でも、案外できるものだ。自分の意外なところを発見した気がした。これは、自分自身が母親になったことによる変化なのだろう。

一時過ぎ、沙織が帰ってきた。ちょっと、疲れた顔をみせて、玄関に現れた。

「沙織さん、お昼まででしょ。パスタ作ったんだけど、よかったら食べていきませんん」

「何から何まで、すみません」

と言ったが、沙織も話したいことが溜まっているらしく食卓についた。

「復職後の仕事について話したんだけど、覚悟はしていたけど、かなり応えたわ」

沙織は、フォークでパスタを絡めながら、話し始めた。視線はフォークの先に落としたままだった。

「私、産休前は遺伝子組換え植物の研究をしていたの。復職したら、その研究に戻りたいと思ったんだけど、上司からは育児に時間を取られるから、研究は無理ではないかって言われて、研究者を支援する事務職への異動を勧められちゃったの。研究職って、やっぱり男性の世界なのよ」

沙織は、小さく絡めたパスタを、しなやかな手つきで、口に運んだ。

「なんとか研究を続ける方法はないんですか」

さくらは、手を動かしながら尋ねた。

「人生を研究に捧げるって、かっこいいけどその人が全ての時間を研究に捧げられるように、誰かが代わりにその人がやるべき育児や家事をやってくれているからでしょ。最近は女性の研究者もいるけど、夫婦で家事と育児を分担してなんとか凌いでいるのが、実態よ。その点、私は一人だから、こうなるのは産む前から目に見えていたことなの」

　さくらは、パスタを絡めたフォークを止めて、沙織を見つめた。沙織は、淡々と話を続けた。

「相手は、研究所の同僚で妻子あり。研究で行き詰っていた時、相談に乗ってくれて、親しくなったの。妊娠がわかった時、処置してくれって頼まれた。自分の家庭を壊したくないって、理由を言ったのは正直よね。それと私がこれから研究を続けようと思ったら、子どもは重荷になるとも言われた。私も、そう思った。実験の時には、泊りがけになることもあるし、そうなったら一人親では無理よ。そう思って、一人で病院に行ったのよ。でも、おなかの中で育っていく命のことを考えた。この命は、大昔から続く命のリレーの一人であって、私が勝手に断ち切ることは許されないって。自分が遺伝子の研究をしているから、余計そう思った。彼にも伝えた。つらそうな顔をしたけど、君がそう判断したなら僕は反対しないって。彼も制裁を受けた。うわさが立って、彼は他の研究所に移った。だから、私も罰を受けないといけないの」

　さくらは、宙が大きくなって、自分が母に対する罰だったのだと知ったら、どんなショックを受けるだろうと思った。また、宙の中に自分の罪を見ながら育てる沙織の気持ちを思うと、心が重くなった。

「ごめんなさい。こんな話して。食事の時にする話じゃないわよね」

「二人のことはそれとして、子どもを持った女性が研究を続ける道が切り開けないのかと思います。子どもを持ったら、女性は研究職から降りないといけないというのは、悲しいです」

さくらは、自分の復職後のことにも重ねて感じたことを言った。

「一時期、お母さんに同居してもらって、助けてもらうとか」

さくらの提案に、沙織は口を一文字に結んで考え込んだ。

「確かにそういう道もあるかな。私、こういう話を他の人にしたのは初めてなの。自分のしたこと、不倫の後ろめたさがあって、引き下がることしか頭に浮かばなかった。研究と子育てと二つも求めるのは、欲張りだと思ってしまって。でも、いいのかな。欲出しても」

「そうですよ。そういうのは、欲張りでいいんだと思いますよ。私もできることがあればお手伝いしますから」

「そっかー、うん。なんだか力が湧いてきた。ありがとう」

沙織は、ふっきれたように明るい表情になり、残りのパスタを食べた。さくらも、つられて食べた。二人は、宙と千恵をながめて、しゃべり、笑った。

3

浩樹は、元々外資系の会社への転職の希望を持っていたが、近ごろは職場の上司ともうまくいかず、不満を募らせているのは、傍で見ていてもわかった。

女子会の誘いのメールが宏美から入った日、浩樹は、めずらしく午後九時前に帰ってきた。

「来週の土曜日、午後二時からなんだけど、行っていいかな」

「なんで、聞くの」

「なんだって、家族なんだから……」

さくらは、ちょっと白んで語尾を濁した。

「ああ。僕は全然問題ないよ。どうぞ、お出かけください」

浩樹の投げやりな言葉が、心にざらつくものを残した。食べ終わった食器を片付けて、さくらは浩樹の向かいに座った。

「なんか変。浩樹のそういう言い方。どうしたの。なんかあったの。仕事で」

浩樹は、視線をそらせて新聞を広げた。浩樹の顔つきが、最近、険しくなってきて、態度にもとげとげしいものが出ていると思っていたが、仕事のストレスだろうと触れないようにしてきた。しかし、このままでは、夫婦のコミュニケーションがなくなってしまう。さくらは、これではいけないと思った。

「私たち夫婦なのに、最近、あんまり話してない。これじゃ、いけないよ。話してよ。一人で抱え込まずに」

さくらは、気持ちを込めて、しっかり浩樹を見つめて訴えた。

浩樹は、しばらく目を閉じて考えていたが、気持ちが落ち着いたのか話し始めた。

「実は、東光は業績が悪化していて、希望退職を募集するらしい。まあ、財務的には、まだ余裕があるんだけど、将来のために筋肉体質にすると言っている。僕は、上司ともそりが合わないし、この際、希望退職に応募して転職したいと思うんだ」

「そんなことになっていたんだ。知らなかったわ」

「僕の同期が、企画部門にいるんで、そっちからの情報だ。そろそろ公表されるということだけど」

「それで、転職先のあてはあるの？　この前の先輩の話はなくなったんでしょう」

「あれはだめかもしれないけど、あの人は顔が広いから、また相談してみようと思う。転職サイトにも登録して、面白そうなのも、いくつかあったし」

さくらは、前向きな考えは浩樹のよいところだとは思うが、少し楽天的すぎるような気がした。自分が進む道は、常に開かれていると過信しているのが気がかりだった。

「浩樹は、アメリカで働くのが、夢だったのよね」

さくらは、浩樹が英語の勉強をずっと続けているのを知っている。会社で受けられるＴＯＥＩＣを毎回受験していた。

「世界中から優秀な人材が集まっている最高の環境で働いてみたいと思うのは、この業界の人間なら誰でも思っているんじゃないか」

浩樹の言葉に、さくらは、ロサンゼルスで開かれるＩＴ業界のフェアに参加したことを思い出した。演台にたったキャリアウーマンがピシッとスーツを着こなし、ブロンドの髪をなびかせてさっそうとプレゼンを行っていた。彼女の指先の動きにあわせて、大型スクリーンに次々と斬新な新商品が映し出された。自信にあふれた振る舞い、話す言葉は音楽のように耳に響いた。

「いよいよ、その時が来たということかな。ところで、さくらは、今回は、応募しないよね」

浩樹に問われて、さくらは現実に戻った。さくらは、自分の問題でもあることを認識したが、もちろん希望退職など考えたこともなかったので、頷いた。

浩樹は、すでに進む道を決めていた。浩樹は、広い世界に飛び出していきたいのだ。家族のことをどこまで考えているのかと疑問に思うし、自分勝手だとも思う。しかし、心のどこかで、もし自分が男だったら、同じ行動をとるような気もした。

「さくらも、賛成してくれるよね」

浩樹に問われて、さくらは答えた。

「浩樹が、もっと輝くなら、応援するって、前から言ってたでしょ」

そう答えたものの、さくらの胸中は複雑だった。もし、浩樹が海外勤務になったら、浩樹のところに行くには会社はやめなければならない。向こうで、仕事を見つけることは難しいだろう。今まで必死で自分のキャリアを積み上げてきた。それを手放したくないのは本音だ。でも、このまま日本にいても千恵のために仕事をやめて育児に専念すべきだという圧力もある。雅子は、そうしてほしいと願っている。会社も育児のために効率の落ちる社員を抱えたくないだろう。浩樹は、家にいる時は、家事を分担してくれる。しかし、家にいる時間が、だいたい少なすぎる。会社優先なのだ。やっぱり、最後は、女が家事を受け持たされ、がまんを押し付けられる。でも、昔から、そうやって家庭の平穏は守られてきたのだろう。

「いずれにしても、浩樹のご両親にも相談して決めないといけないことよね」

さくらは、ようやくそれだけ言った。


浩樹は、東光の希望退職募集に応募した。上司から引き留めがあったが、強引に申請した。すぐに、転職サイトで見つけた何社かに履歴書を送り、そのうち何社かは面接も受けたが、採用には至らなかった。退職から二か月が過ぎた頃、浩樹の両親が訪ねてきて、誠一が、その話題を出した。

「そろそろ、次の仕事の目途はついたのか」

浩樹は、飲んでいたビールのグラスを、口から離し、苦そうに口角を曲げた。さくらは、ひやっとした。さくらも状況を聞きたかったが、プライドの高い浩樹の心中を思って、その話題には触れないようにしていた。

「大丈夫よね。浩樹のことだから、いつでも就職できるけど、今は、子どもとのスキンシップも必要だから、少し充電しているのよね」

雅子が横から口をはさんだ。浩樹は、小さく頷いて、黙っていた。

食器を洗い終えて、さくらは、浩樹の横に座った。

「仕事のことだけど、あまり焦って決めない方がいいと思うよ」

「わかっているよ。でも、何回も落とされると、やっぱり、へこむよ。焦るなって言ったって、無理だよ」

自信家だった浩樹にとっては、こんなことは想定外で、おそらく生涯で初めての経験なのだろう。焦りと不安が浩樹の心を重く覆っているのだろうが、さくらは、かける言葉を見つけられなかった。

「ちょっと、出かけてくる」

浩樹は、新聞を置いて立ち上がった。

ほどなくして、浩樹は再就職した。中堅どころのITサービス会社で、浩樹が目標としていた外資系の大企業とは、雲泥の差であった。東光よりも条件が悪かった。ただ、長時間の残業だけは共通していて、また、深夜帰りの生活になった。

深夜、物音に目覚めて、パジャマ姿でリビングに行くと、浩樹が缶ビールを飲みながら、さくらが作って置いた夕食を摘まんでいた。

「どう。仕事の方は？」

さくらは、テーブルの向かいに座って、尋ねた。浩樹は、ビールを一口飲んで、苦みに顔をしかめ、大きな息を吐いた。

「ああいう会社の管理者は、なんで揃いもって、無能なんだろうね。首ふり人形じゃあるまいし、客から言われるままに、ぺこぺこするだけで、対案もだせやしない。そうかというと、新参者に仕事を取られまいと、責任ある仕事を割り振ろうとしない」

それから、浩樹は、聞くに堪えないような毒舌で、会社の上司を罵倒しつづけた。さくらは、口をはさまず、浩樹が不満を吐き出すのを、じっと聞いていたが、悲しい気持ちになった。浩樹のまき散らす毒は、家の中を暗くしていた。

三か月ほどして、浩樹は、また転職したが、前よりもさらに小さな会社だった。プライドの高い浩樹にがまんできるはずもなく、毎日渋い顔で、口元をゆがめていた。ある日、さすがに、さくらも我慢の糸が切れてしまった。

「そんなことは覚悟して転職したんでしょう。どんな会社だって、いやなところはあると思うけど、みんな少しでも楽しく働けるように、努力しているんじゃないの。いったい、あなたは、何のために転職したの。あなたの夢を実現するためなんでしょう」

言ってしまってから、しまったと思ったが、後の祭りだった。浩樹は、ものすごい顔で、さくらを睨んだ。そして、ぷいっと、家を出て行った。

悩んださくらは、誠一に相談した。誠一も、気にしていたようで、昔の知り合いに当たってみると言ってくれた。

何日かして、さくらが外出先から帰ってくると、浩樹の姿がなかった。テーブルの上に、手紙が置いてあった。

さくらは、手紙を手に取って読んだ。浩樹は、どこかに買い物にでも行っているのかと思ったが、そこには転職活動の経過が書いてあった。

「大学院の先輩に、再就職について相談した。この前、熱心に誘ってくれたのに、僕が決断できずに流れてしまった件をお詫びした。見放されても仕方のないところだったけど、先輩は、自分に来ていた転職の誘いを、僕に回してくれた。先輩の知人が、シンガポールでIT企業を興して、業績が好調なので、手伝ってくれる人を探しているそうだ。管理職待遇で迎えてくれるそうだ。ASEANは、これから伸びる地域だし、英語には少し自信もあるので、挑戦してみたい。

さくらから言われた言葉で目が覚めた。何のために転職したのか。僕は自分の夢を実現するために転職したんだと、改めて心に刻んだ。

希望だったアメリカじゃないけど、未開拓の地域や若い会社の方が、やりたいことができるかもしれない。

先輩には、就職すると即答したけど、家に帰る道では、さすがに、迷いが出た。妻と生まれたばかりの子どもを残して、海外勤務するのは、やはり無責任だと思った。引き返して、取り消そうかとも思ったけど、これを逃したら、自分の夢を諦めることになる。

勝手だけど、僕は自分の夢を追って、自由にやらせてもらう。でも、経済的に家族を支えるのは、男の義務だ。だから、必ず、お金は送る。

本当に、身勝手でごめん。話をしようと思ったけど、話すと自分の決心がくじけてしまいそうなので、黙って行きます。面接を受けたら一度帰ってきます。必ず、帰るので心配しないでください。さくらには負担をかけて、申し訳ない」

浩樹のスーツケースやパスポートがなくなっていた。さくらは、手紙をにぎりしめたまま、ソファに座り込んだ。窓から見える空に浮かんでいた白い雲の一部が千切れて、風に流されていった。

浩樹の両親に電話すると、あわてて駆けつけてきた。手紙を読み終えると、誠一は、雅子に渡しながら言った。

「馬鹿なやつだ。自分の立場をまるでわかっていない。さくらさんや、千恵のことを少しでも考えたのか」

雅子の言葉は、冷たかった。

「いっしょに暮らしていたのに、浩樹の気持ちに気づかなかったの。気づいて、一言伝えてくれれば、私たちも説得して、思いとどまらせたのに」

浩樹が海外へ行こうとする原因は、さくらにあると言わんばかりの言葉に、さくらは激しく傷ついた。

「何を言っているんだ。さくらさんのせいじゃないだろう」

誠一はかばってくれたが、さくらは胸がつぶれる思いで、唇をかみしめた。

4

面接を受けたら帰国すると置手紙に書いていたが、浩樹は帰ってこなかった。夏が過ぎて行った。さくらは、千恵を連れて公園に出かけた。木陰になっているベンチの側に、ベビーカーを止めた。千恵も薄着だ。空をながめた。大きな入道雲が、いくつも立ち上がっていた。シンガポールの空にも、こんな入道雲が浮かんでいるのだろうか。

地面に映る影が近づいてきたので、見上げると義父の誠一だった。誠一は、照れ臭そうに笑みを浮かべ、千恵のベビーカーにかがみこんだ。

「ちーちゃん、じーじだよ。いない、いない、バー」

千恵が笑うので、誠一は、何回も繰り返した。誠一は満足したのか、照れ笑いをしながら、さくらの横に腰を下ろした。そして、提げてきたレジ袋を差し出した。

「家庭菜園で、きゅうりとナスが取れたから、持ってきた」

「すみません。重いものを、わざわざ届けていただいて」

さくらは、恐縮して受け取った。

「これは言い訳。ちーちゃんの顔が見たくてね」

そう言って苦笑いした誠一は、話を続けた。

「私は会社人間で、家庭をおろそかにしてきた。息子には見向きもしなかったのに、孫には目がないと、いつもかみさんには嫌味を言われる。確かに勝手なもんだ。在職中は、仕事に追われるし、競争に負けるものかと気を張っていたから家庭に心配りする余裕がなかった。でも、退職して仕事がなくなると私には、何も残っていなかった。仕事上の人間関係は霧のように消えてしまう。さびしいもんだ」

誠一が、こんなに自分の内面をさらけ出すのははじめてだった。

「お義母さんと、二人で温泉とかにお出かけになったら、どうですか」

「あれは、いろいろなつながりがあって、忙しくしている。コーラスとか、歩こう会とか」

「歩こう会とか、ちょうどいいじゃないですか」

「なんかかみさんのおまけみたいでね。まあ、気にしすぎだと思うけど」

男のプライドは難しいものだと、さくらは心の中でため息をついた。

「ちーが、癒しになるのでしたら、いつでもいらしてください。ちーも、じーじが大好きですから。お昼、ごいっしょに食べませんか。簡単なものしか作れませんが」

さくらが誘うと、誠一は腕時計を見て「ああ、もうこんな時間か」とつぶやいたが、「じゃ、ごちそうになるか」と腰を上げた。

「浩樹のことだけど」

誠一は、ベビーカーを押すさくらと並んで歩きながら切り出した。

「黙って行ってしまったあいつの行動は、許されるものじゃないが、その責任の一端は、あいつを育てた私たちにもある。やはり、甘やかしてしまった。今度、一人で海外に行って、相当苦労するだろう。でも、そういう時期もあいつには、必要なのかもしれない。きっと、連絡してくる。きっと、戻ってくるから、しばらく、様子を見てやってほしいんだ」

切々とした話し方に、親心を感じた。正直、さくらは、浩樹への気持ちを整理しかねていた。私と千恵を捨てて行ったのか。自分たちを捨てて行ったのであれば、もう夫婦であり続けることはできない。現実的な話、マンションのローンを払い続けるのは厳しい。貯金があるから、少し猶予はあるが、いずれ家賃の安いところへの引っ越しも迫られるだろう。それとも、浩樹は、私たちのために出稼ぎに行ったということなのだろうか。それにしても、なぜ、連絡をくれないのか。思いは、いつもそこに戻って、渦巻くばかりだった。誠一の言葉は、波立っていたさくらの気持ちを、少し静めてくれた。誠一の言うことを信じて、もう少し、待ってみようと思った。

浩樹から連絡があったのは、三か月も過ぎた頃だった。月末が近いある日、電話が鳴った。さくらが出ると、さくらの口座がある銀行からだった。最初、何を言っているのかわからなかったが、ようやく、シンガポールの銀行から、さくらの口座に送金されているという連絡だということがわかった。送金者の名前は、今泉浩樹だと言った。

受話器を置いて、さくらは胸が震えているのを覚えた。浩樹は、私たちを忘れていなかった。私たちを捨てたのではなかったのだ。さくらは、ベッドで起きている千恵に、話しかけた。

「パパからお金が送られてきたんだって。ちーちゃんのこと、パパは忘れてなかったよ。よかったね」

千恵に話しかけている時、さくらの頭でひらめくものがあった。そうだ、なんで思いつかなかったのだろう。さくらは、ノートパソコンを開いた。メールを開いて、浩樹からのメールを探した。浩樹のパソコンのメールは、Ｗｅｂメールだから、シンガポールでも、浩樹は使っているかもしれない。そのアドレスへ、メールを出せば、浩樹から返事があるかもしれない。

「お金、受け取りました。ありがとう。体は大丈夫ですか。ちゃんと、食べていますか。みんな心配しています。連絡ください」

しばらく、パソコンを見ていたが、そのままにして、千恵の世話や台所の片づけ、ごみ出しをしてから、パソコンを見ると、返信があった。

「あっ、来ている」

さくらは、パソコンの画面に目を凝らした。

「連絡遅れて、ごめん。就労ビザの取得や住まいの確保で、ごたごたしていた。落ち着いてから連絡しようと思ったんだ。先輩が紹介してくれた会社の社長は、三十五歳で、初対面で意気投合した。ベンチャー企業で、社員は三十人くらいだが、毎日、和気あいあいとやっている。主に日系企業を得意先にしているが、他にも得意先を広げようとしている。勝手なことをして申し訳ないが、しばらく許してほしい。お金はこれから毎月送ります。元気でやっているので、両親にもそう伝えてください。千恵の顔も見たいので、スカイプのＩＤを送りますので、ここにコールしてください。夜九時には自宅のパソコンを立ち上げています」

さくらは、そのまま床に座り込んだ。浩樹が出奔してからの三か月あまりの時間と、今日の急展開が、あまりに落差がありすぎた。心がつぶれそうになるほど心配していたのが、うそのような感じで連絡が取れたのだ。さくらは、無意識に薄く笑ったが、同時に涙があふれてくるのを止められなかった。

スカイプを起動して、浩樹のＩＤにコールすると、ビデオの画面が開いて、浩樹の顔が映っていた。三か月ぶりに見る浩樹だった。日に焼けたようだが、その他に変わったところは見られない。

「元気なの?」

 声を出してみた。通じているのだろうか。

「元気だ。黙って飛び出して、すまない」

 なつかしい浩樹の声だ。声には、張りがあった。さくらは、ようやく、少し安心することができた。

「ちょっと、待ってね。千恵の顔を見せるから」

さくらは、千恵を抱いて、パソコンのＷｅｂカメラの前に座った。

「パパ、ちーちゃん元気だよ。パパ、がんばってね」

さくらは、千恵の手をカメラに向かって振った。さすがに、浩樹も千恵を見て、ぐっと来たのか、目を潤ませて、手を振った。

「どんなところに住んでいるの。ちょっと、カメラを回して見せて」

浩樹が、Ｗｅｂカメラのついたノートパソコンを、ぐるりとまわして、部屋を映し出した。ベッドルームとキッチンだけだった。窓の前は広い通りで、街路樹の植わった歩道も広そうだ。

「食事は、どうしているの」

「基本的に、三食外で食べる。いろんな料理が揃っているからね。まあ、簡単な料理ができるキッチンはあるけど、使っていない」

「野菜は、取っているの」

「うん、そこは注意している。毎日サラダは欠かさない」

「運動は、しているの」

「なんだか、お袋と話しているみたいだな」

「仕方ないじゃない。健康に生活するには、食事、睡眠、運動が大事なんだから」

「このコンドミニアムに、プールがついているから、泳ごうと思えばいつでも泳げる」

「へえ、プールつきなんだ」

実際目で見ると、そこで浩樹は生活しているんだなと実感できて、だんだん安心感もわいてきた。

5

浩樹と連絡がついたと伝えると、誠一と雅子は翌日の午後やってきた。浩樹にも連絡をとってスカイプでのテレビ電話を午後六時からにしていたが、時間が余ったし、うれしい再会なので、みんなでお祝いしようということになった。誠一と雅子が買い出しに行って、誠一は、千恵におもちゃまで買ってきた。

雅子とは浩樹の出奔以来、なんとなく気まずかったが、さくらは並んでキッチンに立つと、野菜を洗いながら雅子に言った。

「お義母さん、すみません。もっと早く私の方からお伺いしなければいけなかったのに」

「いいのよ。こっちの方こそ、なんか変な意地を張って、ごめんなさいね。浩樹が自分勝手なことをして。たいへんなのは、あなたなのに」

雅子の言葉に、さくらは、目頭が熱くなった。やっぱり女同士の話は、台所でするに限る。

テーブルに料理がならび、四人でテーブルを囲んだ。ベビー用の椅子に座った千恵もうれしそうだ。

時間が来たので、さくらは、ノートパソコンを持ってきて、四人が見える場所においた。

「ジャーン、それでは、ちーちゃんのパパの登場です」

操作すると、画面に浩樹の顔が映り、手を振っている。浩樹と連絡がついたことは、伝えていたが、スカイプで顔が見えるのは格別だったようで、誠一も雅子も感極まっていた。

「お義父さん、これつけると、浩樹さんと話ができます」

誠一は戸惑っていたが、ヘッドセットをつけてやると、浩樹からの声が聞こえたのか話し始めた。

「元気か」

「こっちは、みんな元気だ」

「そっちは、暑いのか」

「まあ、体に気を付けて、がんばれよ」

話し終わると、誠一は雅子にヘッドセットを渡した。

画面の浩樹は、缶ビールを持ち、惣菜を摘まんでいた。すぐ、そこに居そうなのに、何千キロも離れた海の向こうなのだ。

「ちゃんと食べなきゃだめよ。野菜食べてるの」

雅子の声に、浩樹はうなずいている。近そうに見えて遠い。実体のつかめない不確かさ。もしかしたら、浩樹の姿は画面に映っているけど、今の瞬間、この世のどこにもいないのかもしれないという考えが浮かんで、さくらは急いで振り払った。

「早く行ってやらないとだめね。あの子、寂しがりやだから」

ヘッドセットを外した雅子がつぶやいた。

「私、近いうちに一度向こうに行こうと思うんです。それで、その間、千恵を預かっていただけたら、ありがたいんですが」

すかさず、さくらは言った。

「いいわよ。どれくらい」

「一週間くらい」

「そんなに短くていいの。一か月くらい滞在して、しっかり見てきてね。浩樹と、もう一度新婚生活する機会よ」

雅子の冗談とも本気とも取れる言葉を、さくらは笑いを作って受け止めた。

旅行中に、千恵を雅子が見てくれる約束もとれたので、さくらは一度シンガポールの浩樹のもとを訪ねてみようと考え、次にスカイプで話す時に切り出してみようと思った。

約束した日には、午後九時にパソコンを起動し、スカイプを立ち上げておくと、十分ごろまでには浩樹からコールがある。しかし、その時は二十分たっても、三十分たってもコールがなかった。さくらから浩樹にコールしてもつながらない。急な仕事が入ったのだろうと思うことにしたが、何か浩樹の身にあったのではないかと不安が湧いてきてしまう。充満する不安がリミットを超えたので、さくらは、教えてもらっていた浩樹のスマホに電話した。呼び出し音が聞こえ、浩樹が出ると思って、「もしもし」とさくらが話した時、通話は切られた。さくらは明らかに向こうから切られたスマホの画面を見つめた。浩樹に、また背中を向けられた気がした。

十一時ごろ、さくらのスマホが着信音を鳴らした。さくらは眠っていたので、気づくのが遅れた。浩樹からだった。急いでかけ直した。

「もしもし、さくら。ごめん、スカイプコールできなくて」

浩樹の声を聞いて、さくらは床にぺたんと座り込んだ。

「いいのよ。浩樹の声を聞けて安心した。何かあったの。心配したよ」

「ごめん、ちょっと、急な仕事で」

「たぶん、そうだと思ったけど、電話もできなかったんだ」

「ああ、ちょっと、社長と話していたから」

「そっかー、社長とじゃ、仕方ないね」

浩樹の声には、なんとなく言い訳めいた色合いが漂っていた。

翌日、スカイプで会話をしていた時、パソコン画面に映し出された部屋の様子に、いつもと違うものを感じた。後ろの壁際の棚に白い花が活けられていた。浩樹が独身の時、浩樹の部屋に花を活けていたのは、雅子だった。シンガポールで一人住まいしているはずの浩樹の部屋に、花が活けられている。さくらは、浩樹との会話に上の空の返事になった。

「どうしたの。さくら」

浩樹の声で、さくらは我に返った。

「きれいな花ね。なんという花なの」

さくらがつぶやくと、浩樹は驚いたように、後ろを振り返った。向き直った浩樹の顔には、めずらしく狼狽の色が浮かんでいた。

「まあ、たまには僕も花ぐらい飾るさ。きれいな花だと思ったから」

その後の会話は、お互いぎこちないものになった。さくらは、こんな状態はいやだと思って、思い切って言った。

「私、一度、そっちへ行こうと思うんだけど」

「どうして」

「だって、夫がどんなところに住んでいるか、一度くらい、見ておきたいし」

「来てくれれば、うれしいよ」

浩樹の言葉に、さくらの訪問を想定していない響きがあって、さくらは意外だった。なんとなくもやっとした不満が消えないままスカイプを切った。


夕方、散歩から戻ると、千恵がぐずりだした顔が赤くなっていたので、熱を測ると不安的中で、三七度八分あった。こんな状態で、外に連れ出し、長時間外気にさらしてしまったと思うと、自分のうかつさが悔やまれた。もう、病院は閉まっている。救急外来に連れて行こうか、もう少し様子を見ようかとさくらは、一人で思案した。

「ちょっと、お水飲んでみようか」

哺乳瓶に、冷ましたお湯を入れて飲ませると、千恵はごくごく飲み始めた。が、しばらく飲んで、むせたかと思うと、どばっと飲んだものを全て戻した。あたり一面に汚物が散らばった。「あーあ」とため息をついて、汚れをふいていた時、千恵の様子が一変した。白目をむき唸り声を上げて、手足をつっぱっている。

「どうしたの。ちーちゃん」

さくらは、動転して、オロオロと千恵を見守るしかなかった。もしかして、これがひきつけなのかと合点した。ひきつけは、約三分続いた。とても長い時間に思われた。千恵が意識を戻して、泣き出した。さくらは、急いで一一九番に電話した。

搬送された病院は、千恵が通院している病院だった。救急の医師は、「熱性けいれんです」と言って、薬を処方してくれた。三時間ほどで病院から帰ってきたが、さくらは疲れて食欲もなく、千恵のベッドのそばで寝てしまった。浩樹とスカイプの約束をしていたが、そんな気力もなくなった。私が、こんなにたいへんな苦労をしているのに、夫はいない。浩樹は海外に居て無理もないが、仮に東京にいたとしても同じなのだろう。子どもの処置に関する待ったなしの判断は、最後は母親に求められる。子どもを、まず守らなければならない。それが、第一優先だ。それ以外は明日考えよう。さくらは、深い眠りに落ちて行った。

翌々日、千恵の甲状腺機能低下症での通院の予定だったが、風邪が回復していないので、延期しようと電話した。看護師から電話が回されて、主治医の吉住が出た。吉住は、風邪の薬を確認した後で言った。

「じゃ、熱が下がったら電話してください。予約をすぐに入れますので。実は、前回の血液検査で、ホルモンの値が基準値から外れていました。これからは、もっとサイクルを短くして、薬とホルモンの値をコントロールする必要があります」

今まで三か月毎となっていたが、とりあえず毎月血液検査すると言われた。まだ、千恵の病気は不透明なところがあって完全に管理できていない状態であることを認識させられた。こんな状態で、シンガポールに行って大丈夫だろうか。向こうの医療はどうなっているのだろうか。英語で、病状のやりとりをするのは、心細い。さくらは、千恵のためには日本にとどまるべきではないかと思った。

次に、浩樹とスカイプがつながった時、浩樹は、コーヒーを飲みながら、リラックスした様子だった。

「しばらく、話せなかったけど、旅行の準備は進んでる？」

「うん、いろいろあった。何から話していいか迷うけど、一番大事なことから話すべきだと思うから」

さくらは、数日間の千恵の状態を話した。

「風邪、ひきつけ、それから先天性の病気か。たいへんだったね。何もできなくてごめん」

「それで、そっちの医療がどうなっているか知らないけど、千恵の病気の治療には、今の大学病院から離れない方がいいのかなって思って」

「こっちの医療体制も、それほど遅れていると思わないけど、やっぱり日本の方が安心できるだろうね」

それは、二人とも納得するところだった。しばらく、沈黙があってから、浩樹が口を開いた。

「僕が、休暇が取れた時に、そっちに帰るよ。出稼ぎの身だから、それが一番いいんだ」

スカイプを切って、浩樹の両親が、特に雅子が何というかなと思った。あれこれ過去のことを言っても仕方ない。事態は進行している。その時、その時で、最善と思われる道をたどるしかなかった。

第四章　お荷物社員

1

復職二日目。うらめしい雨は、まだ上がっていなかった。そんなに強い降りではないから、かっぱを着て行けば自転車でも大丈夫だろう。でも、朝からかっぱを着て、雨の中を出て行くのは、気分がめいった。もっと激しい雨の場合、どうするのか。車があればいいが、さくらは運転できなかった。タクシーを呼んで、保育所まで行き、保育所からは歩きで駅に行くことを思いついた。でも、雨の日に都合よくタクシーが来ないかもしれない。支度をしながら、あれこれ考えたが、とにかく、雨が降ろうが槍が降ろうが、自転車で行くしかないのだと覚悟を決めた。

荷物もビニールの袋に入れて完全防水にした。千恵を急がせたが、家を出るのは昨日より十分遅くなった。会社に着くのが、ぎりぎりになると思いながら、さくらは雨の中を走り出した。

復職後のさくらの仕事は、特に定まった顧客の仕事ではなく、部門の品質改善活動の事務局や安全衛生委員等の仕事で、部門の共通業務、言い換えると雑用だった。それでも、毎日ある訳ではないので、時間が余った。そこで、マネージャーにＥＲＰ（企業資源計画）の研修に行かせてほしいと申し出ると、

「時短はどうするの。研修したって、時短じゃ、まともな仕事できないでしょ」

にべもなかった。

「それより、プログラミングは、まだできるかね。プログラム修正の飛び込みの仕事があるから応援してほしいんだ」

「大丈夫だと思います。最初は、取り戻すのに時間がかかるかもしれませんが、がんばります」

さくらは、仕事をえり好みできる立場でないことを悟った。入社当初、プログラマーとしてプログラム開発を担当した。その後は、システムエンジニアとして、主に業務分析や機能設計書の作成をしてきたので、ほとんどプログラミング言語を忘れていた。こんなことなら、育休中にプログラミングの復習をしておくのだったと、さくらは後悔した。

プログラミング言語の文法は、テキストやＷＥＢで調べればよいが、プログラミングの環境設定は、職場の人に聞くしかない。しかたないので、さくらは、また、黒メガネ君に頭を下げた。黒メガネ君の名前は、伊原武志という。

相手は今年入社の新人で、さくらは入社十一年だが、プログラミングについては教えを乞う立場なので相手が先生、自分が生徒である。言葉使いにも気を付けなければならない。かといって、あまりに丁寧すぎても不自然になり、相手がいやがってしまうので、そのさじ加減が微妙だ。

「ありがとう。助かったわ」

さくらが、笑顔で礼を言うと、伊原は「いえ」と短く答え、わずかに表情を崩した。

「仕事、忙しい？」

さくらが尋ねると、伊原は立ち上がりかけて、また、椅子に腰を下ろした。

「今月は、少し落ち着きました。先月は、テストでバグ（不具合）がたくさん出て、自分の方にも修正がいっぱい回ってきてたいへんでした。本当は、中国の製造元に戻すものも、時間がないからと、こっちで直したりしましたから」

「ふーん、そうなんだ。一年目からすごいがんばっているね」

さくらが、持ち上げてやると、伊原はうれしそうに笑った。メガネの奥の目じりも下がって、性格も純朴そうだ。さくらは、伊原と話ができるようになって、よかったと思った。

最初に、さくらに回ってきた改修プログラムは、美咲の担当しているシステムのものだった。美咲は、さくらが、まだプログラミングに慣れていないからと、余裕のある日程を提示してくれた。さくらは、それに甘えず作業を進めたので、納期の三日前には完了する見込みがたった。

午後のオフィスは静かで、キーボードをたたく音だけが聞こえた。最近は、メールでの連絡がほとんどなので、電話口で会話する声も聞こえない。管理職は皆会議で席にいなかった。伊原はパソコンに顔を向けたまま微動だにしない。思考中なのか、居眠りしているのかにわかには判別できない。見事な術だ。さくらは近づいて確かめたい誘惑にかられたが、我慢した。さくらの勤務時間は短い。三時半まで二時間しかない。無駄に使える時間はない。その時、さくらのスマホが鳴動した。

「こちら、保育所ですが、千恵ちゃんの熱が三七度七分あります。お昼寝していて苦しそうなので、お迎えにきていただきたいのですが」

初めての呼び出しだった。さくらは、驚きすぐ行くと答えるしかなかった。さくらは、雅子の家に電話したが、つながらなかった。雅子は携帯を持っていない。それとなく、携帯を持つように頼んだが、「あんなややこしいものは使えない」と断られた。二度かけたが、つながらないので、あきらめざるを得なかった。管理職が皆不在

なので、美咲に事情を説明した。美咲は、

「すぐ行ってあげて。マネージャーには私から言っておきますから」

と言ってくれた。

さくらは、急いで会社を出ると、保育所への道を急いだ。予期していたとはいえ、こんなに早く呼び出しになるとは思わなかった。電車に乗ってしまうと、後は身をゆだねるしかない。これからも、何度も呼び出しを受けることになるだろう。期待していた雅子に連絡が取れないのは想定外だった。こんな時に、浩樹がいてくれたらと、改めて浩樹の不在をうらめしく思った。

保育所までの時間が、とても長く感じられた。やはり、もっと職場に近いところに住むべきだったと思った。友人が、女性が働き続けるには、住まいと職場が近いことが絶対条件で、実家も近いとベストと言っていたのを思い出した。これから、こんな思いを、何度繰り返すのだろう。

それにしても、友人の言葉にも夫という言葉は出てこなかった。日本では、やはり夫に育児を期待するのは、無理な話なのだろうか。

さくらが、保育室に前のめりに入って行くと、千恵は大喜びで元気そうだ。

「今まで、ぐったりしていたのに、やっぱりお母さんを見ると元気になりますね」

保育士の言葉を、さくらは複雑な気持ちで受け取った。熱も三七度ちょうどに下がっている。元々、千恵の平熱は高い方だ。病院へ行くべきか迷ったが、熱は下がったし、他にこれといった症状もないので、様子をみようと思って、自宅に帰った。家に戻ると、千恵はさくらに甘えた。さくらも、せっかく与えられた時間だと気持ちを切り替えて、千恵と遊んで過ごした。

2

翌朝、祈るような気持ちで千恵の体温を測ると、三六度八分だった。ほぼ平熱である。食事も残さず食べたので、問題ないと思い、保育所に連れて行った。

保育室に入ると、昨日の保育士が笑顔で迎えてくれた。

「ちーちゃん、大丈夫ですか」

「はい、熱は六度八分ですが、平熱がこれくらいですから。食事も全部食べました」

さくらが、連絡帳を渡しながら千恵の様子を説明すると保育士も「それなら大丈夫ですね」と応じてくれた。

保育士の膝にすわって、かわいい手を振る千恵の表情に、さくらは一抹の不安を覚えたが、不安を振り払って、玄関へ急いだ。

しかし、さくらの不安は不幸にして的中した。さくらは、修正したプログラムのテストをしていた。何度やっても同じエラーメッセージが出た。プログラムを何度見直しても、文法的な問題はない。さくらは、額に手をあてて考え込んだ。仕方がない。プログラムを一行ずつ止めて、データを確認するしかないと考え、作業を始めた時、ポケットに入れたスマホが鳴動した。さくらは、ぎくっとした。見ると、やはり保育所からだった。さくらは、すぐにオフィスの隅に行き、電話に出た。

「保育所です。やっぱりお熱が出ました。三八度三分です。お迎えお願いします」

保育士の声も幾分固い。さくらも、さっきからのプログラムのエラーでいらいらしていたので、つい言ってしまった。

「でも、昨日もお迎えに行った時は、熱が下がっていましたし、もう少し見ていただけませんか」

「ええ、こちらも二日連続では、お母さんも困るだろうと思って今日はお昼寝前に三七度七分あったんですが、様子を見ようということで、一時間たってから、また測りました。そうしたら、八度を超えていたんです。今日は、必ず病院に行ってください」

　そこまで言われると、さくらも返す言葉がなかった。すぐ行きますと答えて、電話を切った。オフィスを見渡すと、今日は桧垣が席にいた。頭を下げながら、桧垣の前に進み出た。

「すみません。今日も子どもが熱を出して、保育所から呼び出しがきたので、すみませんが、早退させていただきたいのですが」

　桧垣は、苦虫をかみつぶしたような顔をあげた。

「昨日もだったよね。仕事の方は大丈夫なの。納期守ってよね」

「はい、申し訳ありません」

　さくらは、逃げるように桧垣の席から離れ、心配そうに見ている美咲に言った。

「ごめん。また、呼び出しなの」

「わかりました。仕事の方は、まだ、余裕があるから大丈夫です。早く行ってあげてください」

　さくらは、背中にあびる職場からの視線を意識しながら、ロッカー室に入った。美咲の言葉をありがたいと思いつつ、後輩からかけられたいたわりの言葉に、さくらのプライドは傷ついていた。それに、エラーがどれだけで解消するかわからないので、これからの日程の見通しは立っていないも同然だ。仕事を引き受ける時は、簡単すぎると思ったが、今の自分には簡単な仕事などない。仕事ができる時間の予定がたたないからだ。

会社を出てから、今日は雅子に電話しなかったことに気付いたが、どうせ今日もつながらないに違いないと、捨て鉢な気持ちになった。

保育所にたどりつくと、今日は昨日と違って、千恵は元気がなかった。

「熱が下がりませんね。八度四分。ちょっと上がっています。お医者さんに診てもらってくださいね」

何度も念を押されると、昨日医者に連れていかなかったことを責められているようで気分が良くなかった。が、それは顔には出さず、必ず行きますと荷物をまとめて、保育所を後にした。一旦、家に帰って、荷物を置き、行き付けの医院に行った。

三時からの午後の診察が始まって間がなかったが、待合室は人でいっぱいだった。一時間半待って、医者の診断は「風邪でしょ」という一言だった。薬をもらって帰り、すぐに飲ませた。千恵の熱は夕方になっても、下がらなかった。水枕をしたりして、さくらは苦しい息遣いの千恵を見守った。昨日、医者に連れて行くべきだったと悔やんだが、どうしようもなかった。苦しげに「ママ」と千恵が呼んだ。「ここにいるよ。大丈夫だからね」と答えて手を握ると、千恵は安心したかのように目をつぶった。さくらは、一睡もせずに千恵の枕元に付き添った。

翌朝、熱は少し下がって三七度になったが、千恵は元気がなく起きようとしなかった。無理はさせられないと思い、さくらは職場に電話を入れ、桧垣に「熱がまだあるので、今日も休ませてほしい」と伝えた。

桧垣は、「明日は来れるよね。納期を忘れないように」と、強く念を押すように言った。明日もどうなるかわからないので、答えられないでいると電話は切れた。

おかゆをスプーンで口元に運ぶと、千恵は小さな口を開いて食べた。食欲があるのは救いだった。明日も無理はさせたくなかったが、明日行かないと納期に間に合わなくなってしまう。美咲が作ってくれた余裕の三日は、すでに使い切っていた。さくらは、雅子に助けを求めるしかないと思った。電話すると今日はつながった。雅子に事情を説明した。

「元気な時はいいけど、病気の時に預かるのは、ちょっと怖いわね。それに、明日は、ちょっと出かける予定があったんだけど」

「そうですか、急なお願いで申し訳ありません」

「千恵は別の病気も持っているし」

雅子の一言が、さくらの心に錐のように、突き刺さってきた。千恵が弱いのは、産んださくらが悪いといわれているような気がした。

電話の向こうからの雅子の心無い一言に傷ついたさくらは「もういいです」と言ってしまいそうになったが、がまんして粘っていると、雅子が誠一と相談している様子だった。

「わかったわ。明日は主人と二人で、そちらに伺います。何かあったら電話しますから」

と言って、やっと引き受けてくれた。丁寧に礼を言って受話器をおいてから、ため息をついた。祖父母でも子どもの責任はとれず、結局、責任をとれるのは親しかいないということなのだろうか。

こんな時に、浩樹がいてくれたら、交代で休みをとって見てくれたのにと本当に恨めしく思った。

夕方、千恵の熱がまた上がるのではとビクビクしながら体温を測ったが、三六度八分で、千恵も少しずつ元気を取り戻し、声も出てきた。夕食を食べようとした時に、玄関のチャイムが鳴った。スーパーの袋を下げた雅子と誠一が立っていた。

「明日の朝、早く来るのはたいへんだから、今夜のうちに来た方が楽だから」

「あっ、私、今、時短なので、八時に出ればいいんです」

さくらは、時短勤務のことを伝えていなかったかなと思い、謝った。

「それでも、七時にうちを出てこなければならないから、今夜のうちに来た方がいいわ」

そう言って、雅子は千恵の顔を見に行った。千恵は、突然、じーじとばーばが現れたので喜んだ。

「元気じゃない。この分なら私たちでも大丈夫ね。浩樹も小さい時、熱だしたと思うけど、もうだいぶたつから、不安でね」

「すみません。明日、よろしくお願いします」

それから、寝具の用意をしたりして、終わるとみんなで、早々にふとんに入った。

さくらは、昨夜寝ていなかったので、すぐに寝入ってしまった。

雅子や誠一に助けてもらって、出勤したにもかかわらず、担当していたプログラムの改修は、約束の期日までに終わらなかった。エラーメッセージは、伊原にも協力してもらって解決したが、そもそも美咲から提示されていた変更仕様にも問題があることがわかり、顧客側と再調整が必要になったのだ。

顧客に頭を下げなければならない桧垣は、機嫌が悪かった。

「まったく、顧客の要求も、正確に把握できないのかね。二年間のんびりして、すっかり仕事のやり方を忘れてしまったようだね」

桧垣から八つ当たりされて、顧客と仕様調整したのは、美咲だから、そんなこと私に言われても困ると思ったが、ぐっとこらえた。産休の申請を持って行った時も、ひどいことを言われたことを思い出した。

さくらが、産休の申請書を桧垣に提出すると、桧垣は口をへの字に曲げて言った。

「上期の業績評価には、まだ早いけど、休み入っちゃうからね。今まで、新村さんはA評価だったけど、今期は特に成果がないから、Dだからね」

業績評価のランクは、S（目標を大幅に上回り達成）、A（目標を十分達成）、B（目標達成）、C（ほぼ達成）、D（達成できず）の五段階に分かれている。今まで、さくらはD評価を受けたことはなかった。ショックを顔に出さないように努めた。

「子どもが大きくなったら、また、バリバリ働きたいと思います」

それに対して、桧垣は、さくらの方を見ないように、引き出しに申請書をしまいながら言った。

「それはいいけど、あんまり周りの足を引っ張らないようにね」

それは、どういう意味ですか、という言葉がのど元につきあがってきたが、こらえて呑み込んだ。部の売上高が予算未達で、桧垣が困っていた時、システム改善の提案を顧客に提示して仕事を取ってきた。また、プロジェクトメンバーの派遣要員を減らして、利益の達成にも協力した。社内の品質改善活動で論文の提出が割り当てられた時、顧客対応で忙しいのに休日を返上して書き上げ提出したこともあった。さくらが、もらった顧客からの感謝状の数は、部内ではトップクラスだった。それなのに、なぜこんな屈辱的な言葉を受けなければならないのかと、さくらは、奥歯をかみしめた。


その日は、落ち込んだ気分を引きずったまま、千恵のお迎えに保育所の門をくぐった。プロジェクトのリーダーをしている頃は、桧垣に言い返せたかもしれないが、今は、耐えるしかない。桧垣に言い返すだけの仕事をしていないというのは、自分が一番わかっていた。あの時、桧垣に言われた通り、自分は、周りの足を引っ張っているお荷物社員になってしまったのだ。

千恵の荷物を片付けていると、色紙で作ったペンダントが出てきた。千恵に、「これ、なあーに？」と尋ねると、千恵は笑みを浮かべて、「たんたん、たんたん」と返事をした。さくらが、首をかしげていると、保育士が近寄ってきた。

「今日は、四月生まれの子たちの誕生会をしたんですよ。ちーちゃんも、今泉千恵ちゃんと呼ばれて、はーいと元気に返事してましたよ」

と教えてくれた。

「そう、これ、誕生日プレゼントなんだ。よかったね。ちーちゃん」

ペンダントを首からかけてやると、千恵は、満面の笑顔である。さくらは、千恵をぎゅっと抱きしめた。

家に帰りつくと、千恵は、さっそく大きな猫のぬいぐるみを抱き上げた。千恵は、最近、これに夢中で、ぬいぐるみを高い高いさせたりして、一人で遊んでいてくれる。その間に、さくらは夕食を作ることができる。

「ご飯よ」と呼ぶと、千恵は猫を椅子から下ろして、「待っててね」と言って、横にちょこんと置いている。千恵と猫の世界があるようで、さくらは微笑んだ。

食後に、お皿にうさぎの形にしたリンゴを出すと、千恵は「ピョン、ピョン」と言って手を伸ばす。さくらは、会社のことを一時忘れて、千恵との幸せに浸った。

3

ある日の午後、さくらが、お茶を飲もうとした時、宏美がさくらの職場にやってきた。

「桧垣さん、ご機嫌斜めね」

「気にしない。マネージャーのお守りまで手が回らない」

さくらは、虚勢を張った。給茶器の前で、さくらと宏美は、マネージャー席を見ながら、言葉を交わした。

「ところで、ちょっと小耳にはさんだんだけど、今、大型プロジェクトの商談がまとまりかけているんだって。三峰電機のＥＲＰ導入を、うちがプライマリで受注できそうなんだって。三峰電機といえば、あなたが昔担当していたんじゃなかった？」

プライマリとは、大型案件の一次請け企業のことだ。大型の土木、建築工事でのゼネコンのようなもので、プロジェクトの全体を取り仕切る。

宏美に問われて、産休前の記憶がよみがえってきた。あの頃、自分はリーダーとして活躍して輝いていた。しかし、今はおこぼれで回ってきた仕事さえ、満足に成し遂げられないでいる。

「生産管理関係のシステムを担当したわ。個別に開発したいろんなシステムが混在していたわね。もう、ほとんど忘れたけど」

「でも、まだ二、三年前のことだから、当時の担当者を知っているのは強みよ」

「まさか。私、ＥＲＰは知らないし、とても戦力にはならないわよ」

過去の成功体験が一瞬甘い香りとともに蘇ったが、今の自分には無縁の話と聞き流した。

翌週、さくらは、人事部に書類を提出する必要があって、人事部のある十階に行った。十階には、来客用の会議室も並んでいる。人事部の用事が終わり、廊下を歩いていると、会議室から出てきた男とすれ違った。髪に白いものが増えていたが、顔立ちには見覚えがあった。男の方も立ち止って、振り返った。

「あなたは……もしかして」

男の声に、さくらが振り返ると目が合った。男が笑顔で近づいてきた。

「やっぱり、新村さんだ。いやー、なつかしい」

それは、三峰電機の情報システム部の佐伯だった。

「佐伯さん、お久しぶりです。お元気そうですね」

さくらも、佐伯と議論して仕様を詰めていた頃のことを思い出して、頬を緩めた。

「今日は、どんなご用件ですか？」

「いや、今度、うちの雑多なシステムを全て一つに統合するプロジェクトを始めることになってね。その打ち合わせに来たんだ。そうだ、新村さんに、今度のプロジェクトに入ってもらえると、鬼に金棒だなあ。なんてたって、うちのシステムのことは、うちのシステム部の誰よりも詳しかったんだから」

「昔のことですから……」

言葉を濁しながら、さくらは突然のことに驚いていた。その時、会議室のドアが開いて、長身の男が姿を現した。第一システム事業部長の矢沢だった。さくらは、何度かプロジェクトのキックオフで顔を見たことがあるが、話をしたことはもちろんなかった。

「佐伯さん、どうかしましたか」

矢沢の低い声がした。社員が何か無礼なことでもしたのかと思ったのだろう。

「いや、奇遇です。貴重な人に巡り合いました。三年前に、システム再構築をやってくれたSEさんです。あの時、うちの生産管理システムを調べつくして、うちの情報システム部の誰よりも、うちのシステムに詳しかった人です。うちもドキュメントが不十分だったり、人が変わったりで恥ずかしながら自分のところのシステムを説明できる人間が不足している状況なので、この方が今度のプロジェクトに入ってくれるとありがたいです」

さくらは、佐伯の言葉を穴があったら入りたい気持ちで聞いていた。佐伯には、話を誇張する癖がある。さくらのことも買いかぶりすぎだ。

「君の所属と名前は？」

矢沢に聞かれて、さくらは所属と名前を答えた。

「桧垣君のところか。後で連絡するから、話を聞かせてくれないか」

矢沢は、そう言って佐伯を促して、会議室に戻って行った。

さくらは、会議室のドアが閉まるのを見届けて踵を返した。輝いていた頃の感覚が戻ってきて、背中を伸ばして歩き始めた。

翌日、さくらは桧垣に呼ばれた。桧垣は、立っているさくらを下から見上げた。

「うちの幹部は、何を勘違いしたのか、君を三峰プロジェクトに入れたいと言っている。すぐに、事業部長室に行きなさい」

それから、ずり落ちるほどに背もたれに寄りかかって続けた。

「でも、時短の身で、子どもを抱えて、どうするんだろうね。行き詰って泣きべそをかかないように、ここで断っておくのが、君の身のためだと思うけどね。まあ、これは個人的な忠告だが」

さくらは、それには答えず、桧垣に一礼して離れた。頭に来るが、冷静になってみると桧垣の言うことの方が正しいように思えた。

さくらは、事業部長室のドアをたたいた。入りなさいと言う低い声がした。部屋に入ると、窓を背にして大きな机の向こうから男がまっすぐにさくらを見ていた。さくらは、机の前に進み出て、

「第一システム部の新村さくらです」

と名乗った。矢沢は、手でソファを示して座るよう促した。

「今度、三峰電機さんの全社システムを再構築する案件を受注する運びとなりました。今まで、販売、経理等各領域別に分かれていたシステムをERPに統合します。まずは、システム分析のフェーズで、現状システムを調べ上げて、ERPとのギャップを洗い出さなければなりません。それには、現状のシステムや業務に精通した要員が必要だが、三峰さんもシステム要員を絞ってきたから、要員が不足している。そこで、前に三峰さんのシステム開発を担当していた君に、支援依頼が来ている。向こう

からは、名指しで来ている。よほど気に入られているようだね。こうまで、お客様に認めてもらうのは、ＳＥの誉れと言っていいだろう。もちろん、君が二年間育児のために休職して、今も短時間勤務であることは承知している。そういう中で重要プロジェクトに参画することは、厳しいところもあると思うが、ぜひ協力してくれないだろうか。君の作業時間は、育児短時間勤務内とすることは、先方にも確約を取っている」

ゆっくりと話しているが、低音の声は威厳を伴って部屋に響いた。髪には白いものが交じっていたが、太い眉と強い光を放つ目は、自信に満ち溢れていた。東光の重要プロジェクトのほとんどを取り仕切っている矢沢は、次期社長候補とうわさされている。

「評価していただけるのは、うれしく思いますが、私が三峰さんを離れてから、もう三年になります。その間、三峰さんのシステムも変更が加えられているでしょうし、私の記憶も薄れています。果たして、期待される働きができるか自信がありません」

さくらは、考えてきた懸念を率直に述べた。上層部に対しては、目にとめてもらうために多少現実的でなくても前向きで意欲的な発言をすべきだと教えられてきた。正直ではあっても懸念や問題点を先に述べると、否定的で後ろ向きの人物と評価されてしまうのだ。

「もちろん、現状分析を全てあなたに押し付けようという訳ではありません。東光クレジメントの精鋭が、加わります。また、三峰さんからは、この三年間はマイナーな変更は多少あったにしても、メジャーな改定はしていないと伺っています」

　さくらの本心は、このチャンスを逃したくないという気持ちで一杯だった。独身だったなら、子どもを抱えていなかったら、一も二もなく、自ら手を上げていたはずだ。しかし、今やさくらの環境は根本的に変わってしまっている。佐伯と会ってから、さくらの心はずっと揺れていた。でも、さくらは、自分の心が走り出していることを感じていた。ここで活躍が認められれば、昔のように宏美に肩を並べられるかもしれないという思いも、心をかすめた。

「参加させていただきます。微力ですがプロジェクト成功のために、力を尽くしますので、よろしくお願いします」

　さくらは、自分の声がどこか遠くから響いてくるように感じていた。矢沢から握手を求められ、部屋を辞して自分の席に戻るまで、さくらは夢遊病のような状態であった。回答を早まったのではないかという迷いが、片隅にわいたが、全社の重要プロジェクトで、久々に活躍できるという喜びが優っていた。

その夜、久しぶりに浩樹とスカイプを使ったテレビ電話で会話した。

さくらは、三峰のプロジェクトに参加することを伝えた。

「すごいじゃないか。顧客と事業部長に乞われて入るなんて、やっぱりスーパーウーマンのさくらさんだね。活躍を祈っているよ」

「ありがと。久しぶりに言われた。それ」

さくらが、一番仕事にのっていた頃、同僚や顧客が、さくらにつけたニックネームだった。

「でも、スーパーウーマンもこぶつきになったから、重くて空を飛べないわ。仕事と育児を両立できるか正直怖い。千恵もよく熱をだすし」

「自分だけの力で勝負するのは難しいから、周りの力をうまく利用するしかないよ。仕事では上司や同僚。家では、親とか……」

「夫は、出てこないの？」

さくらが意地悪を言うと、浩樹は「それを言うか。やっぱりな。ごめんよ」と、一応謝るが、心には響いてこない。

「それで、どうなの。そっちは」

気まずい雰囲気を変えるように、さくらは、浩樹の状況をたずねた。

「うん、相変らず、エキサイティングだよ。抜きつ抜かれつ。毎日が、レースみたいにスリル満点さ。こっちに進出する日本企業が多いから、コンサルの仕事が増えている。日本とこっちを知っているから仕事が押し寄せてうれしい悲鳴だよ。実は、今の仕事をスピンアウトして独立した人から、共同経営を持ちかけられているんだ」

いつものように威勢のいい話を吹かれて、さくらは眉に唾をつけて聞いていた。

「やっぱりサラリーマンより、自分で経営した方が実入りは大きいし、おもしろいと思うんだよな」

「ふーん、もう具体的に話しているの」

「いや、まだ、誘いを受けただけだから、今の仕事がひと段落したら、真剣に考えようと思っている」

さくらは、自分たちは似たもの夫婦だと苦笑した。上があれば登らずにはいられない。落ちることなど考えていない。

定期的に話をする約束だったが、どちらからともなく、近ごろは浩樹とのスカイプでの会話も途絶えがちであった。

やはり、毎日顔を合わせて言葉を交わすことによって、愛情も維持されるのだろう。最近は、浩樹のことを思い出すことが少なくなった自分に、さくらは驚いていた。浩樹とのことをなんとかしなければと思うが、さしあたっては、今日、明日のことを考えるのが精いっぱいであった。

第五章　プロジェクト・キックオフ

1

三峰電機のＥＲＰ導入プロジェクトのキックオフは、有名ホテルの宴会場を会場にして、華々しく開催された。午後三時から始まり、五時まではプレゼンテーションや各チーム代表の決意表明が続いた。さくらも業務分析チームの一員として、壇上に上がり紹介された。プロジェクトには、宏美も参加していた。宏美は事務局メンバーで、受付や各チームとの連絡に走り回っていた。さくらは、宏美がいることで心強く思った。

五時からは、懇親会となった。来賓やプロジェクトリーダーである三峰電機の情報担当役員の挨拶があり、乾杯の音頭は、矢沢が指名された。ブランドのスーツに、センスのよいネクタイをしめた矢沢は長身に自信をみなぎらせて、マイクの前に進み出た。低いがよく響く声だ。

「三峰電機様が、さらなる発展を期して、ＥＲＰシステムの導入を決断されたことに、敬意を表したいと思います。そして、そのプライマリに御社と長い取引実績のある弊社をご指名いただきましたことに、厚く御礼申し上げます。ご期待に背かぬよう全社一丸となって努力することをお誓いします。それでは、プロジェクトの成功と三峰電機様の益々のご発展を祈念しまして、乾杯！」

全員で唱和して、杯を干し、宴会が始まった。さくらは、東光クレジメントのメンバーが集まったテーブルについていた。今日は雅子に千恵の迎えに行ってもらい、見てもらうようになっている。プロジェクトに参加することになった事情を説明すると、雅子はたっぷりと皮肉を込めて言った。

「いいわね。やりたいことをやれて。わたしなんか、強制的に仕事をやめさせられて、家事、育児、舅、姑の世話に明け暮れて、やっと自分の時間が持てると思ったら、今度は孫のお守りですからね。一番の貧乏くじの世代よ。まあ、がんばりなさいよ。私のできることは、これくらいだから」

「一言多いよ。いいじゃないか。孫の顔を見られるのは楽しいんだから、気持ちよく預かってあげれば」

誠一がさくらをかばって言ってくれた一言が、また雅子の気持ちを逆なでした。

「あなたは、そうやっていい人ぶってばかり。そういう心遣いを、働いていた時、私にしてくれましたか。仕事のことしか頭になくて家のことは全部私に押し付けていたくせに」

雅子の矛先が誠一に向かうのを見て、さくらは針のむしろに座っている気分だった。これからもこんな場面が続くと思うと、心苦しかった。自分の実家が近くにあればとも思ったが、実の親にも、さくらの場合、わだかまりがあった。やはり、短時間勤務内で必ず仕事をやりきらなければと、さくらは肝に銘じた。

アルコールが入って宴は盛り上がり、座は砕けて人が入り交じった。さくらはビール瓶とコップを持って三峰の佐伯の席に行き、ビールを注いで礼を言った。すっかり顔を赤くして、目尻を下げた佐伯は、注がれたビールを一気に飲み干すと、さくらのコップにビールを注いできた。断るわけにもいかず、さくらも、ぐいっとコップを空けた。喉、食道、胃に心地よい刺激が走る。周りから拍手が起きた。

「いけるねえ。やっぱりさくらさんだ」

佐伯に乗せられて、すっかり独身時代の飲み会感覚になってしまった。

中締めがあって、参加者はいくつかのグループに分かれて、二次会に散って行った。さくらも誘われたが、千恵が待っていること、雅子の嫌味が脳裏に浮かんで、後ろ髪をひかれる思いで断った。

酔いをさまそうと、ホテルのロビーの隅にある椅子に座っていた。時間がたって、ほとんどの出席者が出て行ったと思った時、長身の男と女が寄り添って歩いてくるのが見えた。男は矢沢で、矢沢の腕をとって体をぴたりと寄せているのは、宏美だった。二人が立ち止って、宏美が矢沢のネクタイを直した。矢沢が宏美の腰に手を回し、引き寄せた。二人はさくらの前を気づかずに歩いて行った。さくらは、息を止めて二人を見送った。

さくらが、家に帰りつくと、部屋が暗くなっていた。天井灯のスイッチを入れると、パジャマ姿の千恵がすごい素早さで、玄関に走ってきて、さくらに飛びついた。

「ママ、ママ」

「ちーちゃん、ただいま。いい子にしてた？」

二人が、感激の対面をしている後ろに、雅子が、仏頂面で立っていた。

「まったく、どこまでママがいいんだか。もうちょっとで寝そうだったのに」

雅子が部屋を暗くして千恵を寝かせつけているところだったのだ。

「すみません。お義母さん。遅くなってしまって」

「どういたしまして。じゃ、ちーちゃん、またね」

雅子は、そそくさと身支度をして帰って行った。閉めた玄関のドアがいつもより大きな音をたてた。それから、翌日の保育所の準備をして、千恵としばらく、ふとんの上でたわむれた。さくらが、とんとんと千恵の身体をたたいてやると、千恵はすぐに寝息をたてた。子どもの頃、母が忙しくてほうって置かれたことを恨んでいたが、今、自分がやっていることは母と同じではないか。そう思うと、暗然として、さくらは千恵を見つめた。

2

プロジェクトの作業が開始された。さくらは、製造領域の分析チームに入った。ここでの作業は、業務から要求される機能とERPの標準機能を比較して、不足機能を洗い出すことだ。この作業を、FIT&GAPという。ベースになるのは、現状システムの機能だ。現状システムのドキュメントが十分にメンテナンスされて保存されていればよいのだが、往々にしてドキュメントの維持は軽視され、更新されていないことが多い。それを知らずにドキュメントを信じて進んでしまうと、とんでもない問題を引き起こすことになる。それにそもそも現状システムのドキュメントが存在しないこともある。小規模のシステムで固定した要員が担当しているとドキュメントの作成を面倒くさがって作らないことがあるのだ。自分の頭の中に仕様書があるのだから作る必要がないというのが理由だが、人事異動でその担当がいなくなると、システムはブラックボックスと化す。三峰電機にもそのようなシステムが散見された。三峰電機は、パソコン・サーバーを主力製品としていたが、事務機器や大型サーバーも生産していて多品種少量生産であった。

パソコン・サーバーの生産拠点は群馬県にあり、トヨタ式生産方式を採用していた。統合するシステムの仕様は、どうしても主力であるパソコン・サーバーの生産ラインに合わせようという意識が働くが、それではその他の少量生産の製品に合致しないところが出てくる。パソコン・サーバー以外のビジネスも売り上げの三分の一を占めており、簡単に切り捨てるわけにはいかないものだった。

製造領域の分析チームのリーダーは、三峰の佐伯だった。メンバーはさくらの他に、三峰の若手が二人、東光クレジメントからシステムエンジニアが三人入っていた。三峰の若手は、パソコン・サーバーの生産システムを担当していた。東光クレジメントの三人は、ＥＲＰには詳しいが、三峰のシステムは初めてだった。さくらは大型サーバーの生産システムを担当したことがあるので、多品種少量生産システムの担当になった。

チームの打ち合わせは、さくらの勤務時間に配慮して、午後一時から二時にしてもらった。

「現状システムの把握の進捗状況ですが、さくらさんのグループの進捗は、どうですか」

会議室には、四角形の一辺にホワイトボードが置かれ、中央に置かれたプロジェクターの映像を映していた。残りの三辺に各グループ毎にメンバーが固まって座っていた。リーダーの佐伯は、ホワイトボードが、斜め右に見える位置に座って、各グループに報告を求めた。さくらは、ノートパソコンをプロジェクターにつなげて、予定と実績の棒グラフを映した。実績は、予定の半分にも到達していなかった。

「多品種少量生産システムのドキュメント調査を進めていますが、ドキュメントがないものもあって、プログラムを解読しながらドキュメントを起こす作業をしています。三峰さん独特の業務プロセスがあって、新人には理解が難しく、難航しています」

さくらは、東光クレジメントの二人と協力して、作業を進めたが、二人は製造領域は初めてで、二人に三峰電機における生産管理用語の説明から始めなければならず、それだけで時間を取られていた。まず、用語が理解できなければ、業務全体の把握は、おぼつかない。結局、三時半に退社する時には、自分の作業がまったくできていない状態であった。

「うちの生産管理が、それほど特殊とは思いませんがね。少し、生産管理の業務経験があれば、理解できると思うんですが」

佐伯は、暗に、東光クレジメントの二人の経験不足を指摘した。若い二人は、さくらの横で、下を向いていた。

進捗会議が終わって、メンバーが会議室から出て行ったのを見計らって、さくらは佐伯に相談を持ち掛けた。

「すみません。やはり、私の作業時間が取れなくて、ドキュメント化が遅れています。挽回するために、家にデータを持ち帰って作業したいんですが」

「うーん、気持ちはわかるけど、セキュリティ第一だからね。もし情報が漏えいでもしたら、これだよ」

佐伯は、右手を首の前で横に引いた。確かに情報セキュリティについては、何度も教育を受けていた。東光クレジメントの他部門で、酒に酔って、電車の網棚にノートパソコンを入れたカバンを置き忘れて紛失した事件が起こり、大問題になった。パソコンには顧客の情報が暗号化されないまま入っていたのだ。部長、マネージャーは、その対応で一か月まったく仕事ができなかった。事業部長、役員が顧客に謝罪に行った。最終的に本人がどうなったか公表はされなかったが、退職したという噂が流れた。それ以降、酒を飲んでパソコンを持つのは厳禁とされ、「飲むなら持つな、持つなら飲むな」が標語となった。同時にパソコンを持って電車に乗る場合は、網棚におかず、肌身離さず膝の上に置くことも徹底指示された。

さくらが産休を取る前は、仕事を家に持ち帰って家のパソコンで仕事をするのは、フロシキ残業として常態化していた。しかし、ファイル交換ソフトでの機密情報流出が問題となり、家庭の個人PCを業務で使うことは禁止されていた。USBメモリも使用禁止で、やむを得ず使用する場合は、事業部長の許可を得ることが義務づけられた。

しかたがないので、さくらは、昼休みの間もサンドイッチを摘まみながら仕事をした。だが、焼け石に水のようなものであった。さくらのチームの作業進捗は、遅れてきた。プロジェクトのリーダー会議に進捗を報告する佐伯の表情も、だんだん厳しくなってきた。このままでは、全体の足を引っ張ることになり、問題になってしまう。さくらは困って宏美に相談した。

「確かに建前ばかり言っていても無理よね。社有の貸し出しPCを利用する手はどうかしら。申請すれば社外への持ち出しもできる。インターネットから全社のイントラネットに接続する申請もやりましょう。といって、家で徹夜して仕事しないでよね」

「まさか」

「そのまさかをやっちゃうのが、さくらでしょ」

宏美は、やっぱり頼りになる。最近、言葉をかけるのをためらっていた。どうしても、この前ホテルで見た光景がよみがえってしまうのだ。

「宏美、あの……」

「なに？」

「いや、なんでもない。ありがとうね。助かった」

さくらは、感謝の言葉でごまかした。歩いて行く宏美の背中に、お互い大人なんだからという言い訳とそれでいいのという問いを視線に込めて送った。


さくらは、駅前のスーパーで買った食材の袋をさげて、急ぎ足でマンションのエントランスに入った。今日は、誠一に千恵のお迎えを頼んだ。毎日、今日こそは四時で上がろうと心に決めているのだが、電話がかかってきたり、仕事の相談を受けたりで時間を過ぎてしまう。一度、やむを得ず誠一の携帯に電話すると、すぐに繋がり、快くお迎えを引き受けてくれた。甘えられないと思いつつ、どうしても頼ってしまっていた。

ドアを開けると、いつも待っていたように千恵が飛びついてくるのだが、今日は静かだ。肩透かしをくったような気持ちで、居間に入って行くと、千恵が画用紙になにやら書いている。誠一は、ちょっと離れたところに胡坐をかいて、さくらにお手上げといった様子で苦笑した。

「じゃあ、ちーちゃん、じーじは帰るからね。バイバイ」

誠一が立ち上がった。いつもなら、帰る誠一にまとわりつく千恵だが、知らんぷりでクレヨンを動かし続けている。

誠一は、玄関のところまで見送りに出たさくらに、小声でささやいた。

「先生の話では、保育所で、喧嘩したらしいんだ。いつも仲良くしている彩ちゃんにぬいぐるみを投げつけたらしい。別に、すぐ仲直りしたらしいから、ちーちゃんを叱っちゃいけないよ」

誠一は気を遣いながら、穏やかに話していたが、さくらはショックを受けた。千恵の方から、乱暴したというのは信じられなかった。困惑しているさくらに、誠一はためらいながら、付け加えた。

「先生が言うには、最近、ちーちゃんは、感情が不安定で、なんでもない時に、急に泣き出したりするらしい」

初めて聞くことだった。だが、確かに最近は、迎えに行っても、慌ただしく片づけをして、すぐに帰ってきていたので、保育士とゆっくり話す時間を持てていなかった。

「そうですか。すみません。気が付きませんでした。私が、忙しくしているものですから、千恵にストレスになっていたんですね」

「まあ、忙しいとは思うけど、家にいる時は、じっくり接してあげて」

誠一は、目元で笑うと、千恵に片手をあげて出て行った。さくらは、その背中に深く頭を下げた。

振り返ると、見上げている千恵と視線があった。

「ちーちゃん」

さくらは、自分を抑えて、穏やかな声で呼んだつもりだったが、千恵は怯えたように、下を向いた。さくらは、ゆっくりと千恵の横にしゃがむと、千恵をしっかりと抱きしめた。

「ごめんね。ちーちゃん。ママが悪かった。寂しかったんだよね。ごめんね」

ぎこちなく、抱かれていた千恵だったが、突然、激しく泣き出した。


さくらは、千恵に夕食を食べさせ、風呂に入れて寝かせていた。絵本を読んで、ふとんの上からとんとんしていると、静かな寝息になった。

子どもの頃、弟と二人で夕食を済ませ、風呂に入って寝ていた時、ふと眠りからさめると、ふすまの隙間から母がのぞいていた。さくらは、気づかないふりをしていた。母は、黙って、じっと見ていた。あの時、母はなにを思っていたのだろう。今の自分と同じ気持ちだったのではないだろうか。


千恵がしっかり寝入ったのを確かめると、さくらはのろのろと起き上がった。テーブルに連絡帳を広げ、夕方からのことを書いた。時間が取れなかったことを詫び、ゆっくりと話がしたいと記入した。

時計を見ると、午後十時を過ぎていた。さくらは、両手で頰をたたくと、宏美が手続きしてくれた持ち出し用社有PCに向かった。明日は、会議でさくらの担当するシステムの仕様を説明しなければならないが、まだ資料が完成していなかった。千恵のことを思うと、やはりプロジェクトに参加したのは、無謀だったかという気持ちになったが、今、泣き言を言っても始まらない。走り出した列車から飛び降りることも許されない。さくらは、仕事に集中した。ようやく、なんとか資料を仕上げて、時計を見ると、日付が変わっていた。鳴り響く目覚まし時計は千恵を起こしてしまうので使いたくなかったが、寝過ごす恐れがあったので、やむを得ずセットした。ふとんに身体を横たえると、すぐに眠りに落ち、目覚まし時計がなるまで、さくらは、ぐっすりと眠った。

とりあえずの納期をクリアしたので、さくらは、その日少し早く、保育所に迎えに行った。千恵の担当の保育士と面談したいと、連絡帳に書いておいたのだ。

千恵の担当は、先月から坂本という四十歳代後半の経験豊富な保育士に代わった。坂本自身、二人の子どもの母親だと前にもらったお便りに書いてあった。千恵を別の保育士に見てもらっているので、安心して話ができる。

「昨日、千恵が綾ちゃんにぬいぐるみを投げつけたと聞いたんですが、綾ちゃんは大丈夫だったのでしょうか」

「ええ、びっくりしたようですが、何事もなかったので、心配いりませんよ」

坂本は、微笑みを浮かべて、ゆったりと話してくれる。さくらは、この人なら個人的なことを話しても、わかってくれそうな気がした。

「実は、私が今、非常に忙しいプロジェクトに入っていて、千恵にかまってあげる時間が取れないので、千恵にストレスがたまっているのではないかと思っているのですが」

「そういうことだったんですか。そうですね、最近、ちーちゃんは、ちょっとめそめそすることが多いような気がしていました。そうですね。お母さんがお子さんと接する時間を十分に取れないのは、つらいですよね。でも、ここだけは大切にしたいというところがあると思うんですね。例えば、寝る時はいっしょにいてあげて、絵本を読んであげるとか。時間は短いかもしれませんが、その時だけは、しっかり向かい合ってあげたらどうでしょうか」

さくらは、坂本のアドバイスに、うなずいて聞いていた。坂本自身の経験がにじみ出ているのだと思った。

長いプロジェクトの間、体調を維持するには睡眠時間を確保して、生活サイクルを守らなければならない。さくらは、負荷を均すため週末の一日を仕事に割り当てようと割り切っていたが、千恵とのスキンシップも大切にしなければならないと悟った。沙織を誘うと、都合が合ったので、次の日曜日に四人で動物園に行くことになった。

しかし、金曜日の会議の冒頭、佐伯からリーダー会議からということで、緊急の要請があった。

「会社幹部に開発状況を、急遽報告することになり、各チームの報告をまとめるよう指示がありました。開発作業に影響を与えたくないので、みんなで日曜日に休出して作成しようと思いますが、都合はどうですか。急なお願いで申し訳ないですが」

佐伯はお願いという言葉を使ったが、東光のメンバーにしてみれば、お客様でありチームリーダーでもある佐伯の依頼は、断る選択肢のないものだった。

「あっ、新村さんは、いろいろあるでしょうから、無理しなくてもいいですから」

佐伯が、さくらの方を見て言った。佐伯の配慮は、ありがたかったが、自分だけ特別扱いされることに、違和感を覚えたし、チームメンバーに申し訳ないという気持ちがあった。チームには、最近子どもが生まれたとうれしそうに話していた男性もいたからである。

「大丈夫です。私も出ます」

千恵との約束が心をかすめたが、さくらは、佐伯に答えた。

すぐに、沙織に連絡した方がいいと思い、会議が終わってから携帯に電話した。

「そう、残念ね」

「ごめんなさい。私から誘っておいて」

さくらは、目の前に沙織がいるかのように、スマホを耳にあてたまま、頭を下げた。

「じゃ、私が、ちーちゃんを預かって、いっしょに連れて行ってあげる」

「えー、悪いわ」

「へいき、へいき。宙もちーちゃんと行くの楽しみにしているから」

沙織の明るい声が耳に響いた。


日曜日の朝、起きると薄曇だった。雨だったら、よかったのにという気持ちが一瞬さくらの心をよぎったが、自分の優柔不断が招いた結果と、気持ちを切り替えた。せめてもの罪滅ぼしに、千恵の好物の卵焼き、たこウインナー、かわいいパンダおにぎりの弁当を作った。

休日出勤なので、出社は午前十時までに出ればよかった。駅の改札に、宙を連れた沙織が現れた。宙は、小さなリュックを背負っている。沙織は、白いコットンシャツとジーンズに、スニーカーという軽装だ。

「曇りで、日差しも強くないから、子ども達にもいいかも」

つばの広いコットンハットをかぶり直した沙織は、笑顔を作った。

「本当に、ごめんなさいね。私から誘ったのに、千恵までお願いして」

千恵の弁当を渡しながら、さくらは頭を下げた。

「へいき、へいき。気にしないで。あまり無理しないで、少し見て回るだけにするから」

「ちーちゃん、沙織さんのいうこと、よく聞くのよ」

昨日から何度も言い聞かせたが、もう一度念を押すと、千恵は頷いた。

「じゃあ、行くよ」

沙織は、元気よく声をかけて、改札に向かって歩き出した。さくらに手を振っていた千恵は、あわてて追いかけて行った。

さくらは、千恵の後ろ姿を見送りながら、あの時、佐伯に休出を断ればよかったと後悔した。そうすれば、日曜日を親子で楽しく過ごすことができたのだ。

現状システムの把握、業務部門からの改善要望のヒアリングを行いＥＲＰとのＧＡ

Pの洗い出し作業は、約三か月かかって完了した。次に、このGAPをどう埋めるかという対応策を明確にする段階になった。対応策としては、三つしかない。第一案は、ERPシステムに業務を合わせるべく、業務のプロセスを変更する。第二案は、現状業務に合わせるべく、ERPシステムに機能追加（アドオン）する。第三案は、ERPと現状システムの差の部分は、個別の専用システムを作って埋める方法である。これは、個別ツールの開発投資も必要であり、現場の生産性も落ちるので、あくまでも例外的な対応で、通常は、第一案か第二案のどちらかを選択する。当然ながら第一案は今まで慣れている業務のやり方を変えるので、現場部門の反発が大きい。第二案は、機能を追加するための開発費がかかる。プロジェクトでは、一定のアドオンは不可欠と見て予算に計上しているが予算の枠があるので、オーバーすることは許されない。そこで、全ての差分について、まず開発費の見積もりを算出して積み上げて、予算と比較する。その見積もり方法は、開発作業工数（人・時間）を見積もって、時間単金をかける。ERP側での作業なので、ERPを知らないさくらにはできないが、ERP担当に現状機能と業務部門の要望を伝える必要があった。それを洗い出された全ての差分について行うので、膨大な作業になる。中にはかなり実現性の低い要望も交じっている。見積もりも大きくなり、どうせ予算枠があるので削られるとわかっているような案件の見積もり作業を行うのは虚しい。しかし、東光クレジメント側で勝手に削るわけにもいかず、大方は文句を言いながらやっている。さくらは、佐伯に訴えた。

「人員が少ない中、みんな疲れ切っています。見積もり後の査定で、削られることがわかっているような案件は、見積もり作業から除外してもらえませんか」

「確かに話はわかるが、該当の要望を本当に削っていいかどうかは、システム側だけでは判断できないよ。やっぱり業務部門の了解を得ないとね」

「見積もりする前に、差分や要望について、優先度づけをするべきじゃないですか。優先度ABCをつけて、まず、Aランク案件の見積もりをして、それで予算を超えてしまったら、優先度の低いBCの見積もりをするのは無意味でしょ」

「でも、製造領域内での優先度づけはできても、領域間での優先度づけは誰もできないよ」

「それをやるのが、プロジェクトリーダーや経営層の意思決定チームじゃないですか」

「そんなこと言っても、偉い人たちは具体的な業務のことなんてわかっちゃいないし」

佐伯は、さくらからの突き上げに苦しげに反論していたが、プロジェクトの進捗会議に問題提起することを約束してくれた。

「それで、あの生産マップ変更対応の課題は、この前のチーム会議でも対象外にしようということになったわけですし、やらなくていいですよね。現場から実現性のある解決策が出ていないし、ちょっと、理想論を言っているだけのような気がするんですが」

「あれか、あれはいいよ。いつもあるべき姿としては出てくるけど、いつも解決策がなくて、先延ばしされる件だから」

さくらと佐伯のやりとりを後ろで見ていたERP担当の若手は、引き上げていく途中でさくらにつぶやいた。

「すごいですね。三峰さんに、あんな風に押していくのを初めて見ました。相手はお客様ですから、僕らは言われるままですから」

「私は、お客様のためになることだから、主張しているのよ。こっちがなにも言わず、言われたからと無駄なことをしていたら、結果的にお客様のコスト増になるんだからね。言うべきことは、言うべきなのよ」

さくらが諭すようにいうと、若手は、わかりましたと生真面目に返事した。

「じゃ、あの案件は置いておいて、次の案件の見積もりにかかりましょう」

日曜日の朝、秋晴れの良い天気だった。千恵の七五三のお祝いをすると約束していたさくらは、窓を開けて天気を確認すると、千恵に話しかけた。

「ちーちゃん、今日はお着物きるからね。晴れてよかったね」

ふとんで、ごろごろしていた千恵が、飛び起きて窓辺に走ってきた。

「お着物、早く着たい」

今日は、この前の動物園の二の舞は踏むまいと、佐伯からなんと言われようと、日曜出勤はしないと、身構えていたが、進捗がはかどっていることもあり、休日出勤の話は出なかった。

近くの美容室に千恵の着付けを予約していた。さくらも、いつもより念入りに化粧してでかけた。スタッフの手で、千恵が着付けられていく。選んだ着物は、蝶々の模様が入ったピンクの着物だった。髪飾りもして、紅もさした千恵は、お姫様のようにかわいくなった。

鏡で見て、周りからかわいいと褒められた千恵は、うれしそうにはにかんだ。

履きなれない草履で、歩きにくそうな千恵を連れ、ゆっくり歩いて、近くの神社にお参りに行った。参道の鳥居のところで、誠一と雅子が待っていた。千恵を見つけた二人が、駆け寄ってきた。

「いやー、ちーちゃん。かわいいこと」

誠一は目尻を下げている。雅子も目を細めている。

さっそく、誠一がカメラをかまえて鳥居のところで写真撮影になった。千恵もすました顔で、カメラにおさまった。同じような七五三の親子が、何組かお参りにきていた。並んでお参りを済ませ、千恵は、まだ着物をきていたそうだったが、汚したらこまるので、美容室に着物を返して、近くのファミリーレストランで、少し遅い昼食をみんなで楽しんだ。

家に帰りつくと、さくらは、気にかかっていた宿題をやっと提出したような満足感に浸った。そして、仕事の疲れも感じたので、千恵といっしょにお昼寝をすることにした。本当に久しぶりに親子で過ごし、ゆったりできた一日になったと、千恵の眠り顔を見て思った。

気が付くと、夕方になっていた。千恵は良く寝るので、たぶん、もう朝まで起きないだろう。千恵を起こさないように、小さな音にしてテレビをつけると、ニュースをやっていた。さくらは、スナック菓子を摘みながらテレビを見た。二か月前、アメリカで起きたリーマンショックの影響について解説をしていた。サブプライムローンという低所得者向けの住宅ローンを発端として、アメリカのバブルがはじけて、リーマンブラザーズを含めた金融機関が破たんした。日本も影響を受けて、株価が暴落していた。ただ、日本の金融機関への直接の影響は軽微だという解説だったので、さくらは、海外のできごとと、あまり深刻には考えていなかった。

第六章　夢の址《あと》

1

さくらの経験では、プロジェクトの進捗状況は、報告された数値で判断することができないことが多い。遅れていてもチームリーダーは、遅れているという報告はしない。数値をごまかして、オンスケジュールという報告を出し続ける。そして、いよいよ土壇場にきて、キーマンが倒れるとか破局状態になって、ようやく致命的な遅れが発覚することになる。遅れているならば、正直にSOSのサインを出した方が、楽ではないかと思うが、たとえ正直に遅れていると報告しても、上からは、じゃあ、どうするつもりなんだと詰められるだけなのを知っているから、チームリーダーはいつかは超人的な努力をして、遅れを取り戻せると、根拠のない挽回策を胸に、押し黙っているのだ。

だから、チームの進捗を見るには、メンバーの顔色を見る必要がある。遅れを隠しているチームメンバーは、不安と疲れで顔色が悪くなる。その点、製造領域チームメンバーの顔色は、悪くなかった。いくらか余裕が出て、進捗遅れを挽回できる見通しが立ったことが大きかった。プロジェクトのリーダー会議に出て行く佐伯を見送るメンバーからは、冗談も飛び出すほどであった。


その日の昼休み前、プロジェクト室で宏美を見かけたので、さくらは声をかけた。

「いい天気だから、公園で食べない」

「そうね。いいよ」

気軽にのってきた宏美とさくらは、テイクアウトしたハンバーガーとコーヒーを持って、ベンチに腰を下ろした。宏美は進捗会議や事務局にも出席しているので、それとなく佐伯に頼んだことを言ってみた。

「確かに正論だけど、今のリーダー会議の中じゃ、難しいかもね。三峰の堅物たちが幅を利かせているから、佐伯さん孤立しちゃうかも。私もそれとなく援護射撃はするけど」

「そうなのか。じゃ、佐伯さんにもあんまり無理しないように言っとこうかな」

「それより、最近雲行きが怪しい感じなのよね」

「何が」

「うん、アメリカの投資銀行が、この前破たんしたでしょ。あれから、三峰にも影響がじわじわ出てきているらしいの」

さくらも、この前テレビで、株価が大きく下落したというニュースを見たことを思い出した。対米輸出依存度の高い自動車や電機産業では、派遣社員の契約打ち切りを行うところが出てきて、社会問題になってきていた。

「それが、三峰プロジェクトにも影響するの？」

「わからない。でも、プロジェクトリーダーが何やら、こそこそ話している。でも、これはあくまでも私の推測だから、誰にも言わないでね」

宏美の言葉に、さくらは無言で頷いた。

2

製造領域分析チームのミーティングは、定刻通り午後一時から始まった。FIT&GAPとGAP課題の開発費用見積もりもほぼ見通しが立ち、大半のメンバーの顔つきにも安堵の色が漂っていた。ただ、その中で佐伯だけが浮かない顔つきなのが、さくらは気になっていた。ミーティングの冒頭、佐伯がリーダー会の内容を報告した。

「先般、我々の中では実現性が低いとした生産マップの変更対応の課題について、見積もりを先延ばしにしていましたが、昨日のリーダー会に諮った結果、今後の生産戦略上必須との指示であり、来週末の期限までに実現案とその見積もりを提示しなければならなくなりました」

佐伯の発言に他のメンバーからは驚きと反発の声があがった。

「この前の会議では、佐伯さんもこれは時期尚早だから、見積もりは不要と言ったじゃないですか」

「見積もりするには、まず、実現性のある対応案を設計、製造部門と協議してまとめあげた上で、開発工数を積み上げる必要がある。それを来週末までにやるなんて無理だ」

口々に叫ぶメンバーを前に、佐伯は苦しそうに口元を結び、前方を凝視していた。

生産マップの変更対応とは、ラインで製造している製品を柔軟に変更できるようにすることである。パソコン・サーバーを作っていたラインに、需要の増えた小型プリンターを流すことができれば、市場の要求に機敏に対応できる。さらに、生産マップの変更を国境をこえた工場間で柔軟に実施しようという試みである。生産コストの一番安いところで生産することにより、利益を最大化させる狙いだ。しかし、これは言うは易く行うは難しである、生産ラインの標準化、作業者の多能工化が前提となる。部品の調達にも関わってくる。製品の設計にも、特殊な部品、製造工法を排する標準化が求められる。しかし、現実には、製品は他社と差別化を図るために独自機能を盛り込んでおり、工場もほぼ固定した製品に最適なラインになっていて、製造する製品の入れ替えには、多大な費用と時間を要するのが現状である。

「プロジェクトリーダーからの指示だ。やるしかない」

佐伯の怒気を含んだ声に、メンバーたちは不満を呑み込み、うつむいて口を閉ざしてしまった。佐伯も上から指示されたもののどうすすめていくか妙案はないようで、立ち往生していた。今まで楽観ムードだったチームは、一転して絶望的な窮地に陥ってしまった。到着寸前だったゴールが蜃気楼のように遠のき、目の前に頂の見えない山が立ちふさがったのだ。さくらは、会議室を見渡して発言した。

「期間が短いので、完璧なものは難しいでしょうが、できる限りのことはやりましょう。まず、解決案をまとめる必要があります。もちろん様々な前提や条件をつけた上でということになりますが、案を取りまとめるには設計部と製造部のキーマンの協力が不可欠です。これは、佐伯さんの方で当たっていただけますか。プロジェクトリーダーの指示なのですから、プロジェクトリーダーの力で、キーマンをこの件に来週末まで専任にできるようにしてもらってください。ＥＲＰの方では、参考になる事例をさがすことにしましょう。できれば、明日からキーマンを含めた打ち合わせができるといいですが」

「明日からは無理かもしれないけど……とにかく、プロジェクトリーダーにかけあうよ」

佐伯はなんとか進む方向がみえて、少し救われた様子で言った。


会議の後で、さくらが席に戻ると、矢沢事業部長に電話するようにという伝言が置いてあった。電話に出た矢沢に製造領域チームの状況を聞かれて、午後のミーティングの内容を伝えると、矢沢は想定していたことだったのか特に驚く様子もなかった。

「その進め方でよいが、三峰側は恐らく設計、製造のキーマンは出さないだろう。その場合でも解決案のとりまとめと、見積もり提示は納期に間に合わせなければならない」

さくらは、三峰側がなぜ自分たちのプロジェクトに非協力的なのか理解できなかった。理由を問いただしたい気持ちを口にしようとした時、矢沢の厳しい声が耳に響いた。

一なんとしてもこのクリティカル・パスの納期をキープするんだ。うちの製造領域のエキスパートを他のプロジェクトから抜いてそっちに回すから、何人いるか言ってくれ」

さくらは、私にいきなり振られてもと心の中で叫んだが、電話には平静に答えている自分がいた。

「一人、神谷さんを回してください。いくら優秀な人でも今の段階で何人も入られても、その人たちに説明しているだけで、時間がたってしまいます。神谷さんは三峰の経験者ですから」

「わかった。必ず納期をキープしてくれ」

矢沢のにらんだ通り、三峰側からはキーマンと目される人は出てこず、二番、三番手と思われる若手二人が専任されてきた。

今までのさくらを除く六人と新たに加わった三人は、東光クレジメントの研修施設に缶詰めとなった。朝から深夜まで討論と資料作成を行い、解放されると各部屋に戻って寝るだけだった。食事は研修施設の食堂から会議室に運ばれてきた。さくらは、短時間勤務時間に研修施設に通い、帰宅してからはネットで作業して、リモート会議ソフトを使って会議に参加した。

さくらは、千恵の体調を祈るような気持ちで見守っていた。ここで、千恵が熱を出してしまうとアウトになってしまう。さくら自身も、体力的に限界にきていた。夕食を食べ終わって、ほっとしたところで、いつの間にかテーブルで寝込んでしまっていた。気が付くと、朝になっていて千恵が傍にたって、小さな手で、さくらの顔をなで、心配そうにさくらをのぞき込んでいた。

「ごめんね。寝ちゃったね」

さくらが、首を振っていると、千恵が言った。

「ママ、お早う」

千恵は、なんとなく、他の子どもより言葉が遅れているのではと心配していたが、千恵のかけてくれた言葉は、さくらに力を与えてくれた。

「ありがとう。お早うだね」

さくらは、千恵を抱きしめた。

保育所に登所して、着替えを籠に入れ、連絡帳を保育士の机にだして、部屋を出ようとすると、主任保育士から呼び止められた。

「新村さん、家族の現況調査持ってきていただけたでしょうか」

さくらは、あっと声をだして、廊下で立ち止った。

「すみません。明日、必ず提出します」

「だいぶ、遅れていますので、必ず忘れないようにお願いしますよ」

主任保育士は、いらつきを語尾の強さに込めていた。

さくらは、頭を何度も下げた。もう、二度目だ。忘れまいとするのだが、慌ただしく飛び出す朝には、頭から抜けているのだ。うなだれて歩いていると、後ろから声をかけられた。

「ちーちゃんのお母さん、お早うございます。また、仕事忙しいようですね。身体、気を付けてくださいね。ちーちゃんもがんばってますから」

「はい、いつも気を配っていただいて、すみません。よろしくお願いします」

いつも明るい坂本保育士から、声をかけてもらって、さくらは、背中を伸ばした。


その日、さくらは、午後の会議が延びて、どうしても抜けられなかったので、雅子に千恵の迎えを頼んだ。そして、帰りの電車で、運よく座席があいたので、座っていると、眠り込んでしまい、降りる駅を乗り過ごしてしまった。自分に嫌気がさしながら、最寄り駅で降りて家路を歩いていると、後ろから声をかけられた。沙織だった。並んで歩きながら、さくらは、愚痴をこぼした。

「保育所の提出物は忘れるし、お姑さんからは、掃除もしないでと嫌味言われるし。もう、散々」

「本当に大変そうね。よく、やってると思う」

「もう、いきなり、予定外の仕事が入って、もうめちゃくちゃ」

「まあ、そういう時もあるわね。母子家庭で、フルタイムで働いてると。あっ、ごめん、さくらさんとこは、母子家庭じゃなかったか」

「まあ、同じようなもんだから。でも、愚痴を聞いてくれてありがとう。少し、すっきりした」

さくらは、沙織と別れて、マンションを見上げた。雅子の嫌味が、頭に浮かんだが、気にするものかとエントランスに入って行った。


メンバーの必死の努力の末、まとまったラインの変動対応力向上対策案は、いくつかの前提条件がついているにしても画期的なものだった。

その対策案では、全ての設計情報は標準化して設計データベースで一元管理する。

製造にリリースした設計データは、製造に必要な工程情報等を付加して、製造データベースに保管する。各生産拠点には、ＥＲＰを導入し、生産を行う製品に関する製造情報を、本社の製造データベースから同期連携して入手して、生産活動を行う。生産実績は、全て本社システムに集中管理する。これにより、世界中の生産拠点の生産マップ切り替えが、迅速に行える。見積もった費用は大きいが、段階的に実施すれば十分に実現性のある計画だった。何より最終イメージを共有して、全社で進むべき方向性を明らかにできたことは、ＯＮＥ三峰として一体感を高めるものだと、三峰本社で行ったプレゼンテーションでも評価された。

一方で、缶詰作戦の代償も大きかった。突然、プロジェクトに投入された神谷は最後に体調を崩し、入院した。若手の何人かは、発熱を押して作業していた。リーダーの佐伯は、げっそりやせてしまった。さくらもプレゼンが終わると、気が抜けて何も考えられない状態だった。

3

宏美は、さくらと連れ立って、入院している神谷の見舞いに行った。

「まったく、忙しい時には、いろいろ問題が重なるものだわ。うちも、母親が倒れて、土日で帰省していたんだ」

「それで、お母さんの具合は、どうなの」

「うん、まあ、ちょっと過労だから、しばらく、安静にしておくことになったけど、もう年だからね。家業をどうするかって、兄に聞くんだけど、のらりくらりだから、話にならなくって」

　二人で近況の交換をしながら、並んで病院の玄関をくぐった。

　神谷には、さくらが産休前に担当していたプロジェクトも引き継いでもらったことがある。あの時、神谷は、すでに他のプロジェクトに入っていたが、急遽呼び戻す形になったのだ。

「ご迷惑かけて、申し訳ありません」

　さくらは、自分の妊娠を起因とする引継ぎについて引け目を感じて、平身低頭して詫びた。

「よくあることですよ。向こうは、まだ始まったばかりでしたから、大したことはありません」

さくらは、自身の経験から、システムの開発で人が入れ替わることの影響の大きさを、骨身に沁みて知っていた。引継ぎすると言っても、ドキュメントといわれる文書に基づいての表面的な引継ぎしかできない。ドキュメントを作る中で、顧客と交わした長い論議に基づく業務に対する理解を、短い時間で引き継げる訳がない。ドキュメントに書き切れなかった知識が、担当者の交代によって消えてしまう。顧客との認識の齟齬が、システムに作りこまれ、最終盤に重大な欠陥として出現する。それは顧客の不信を増幅させ、会社の信用を失墜させることになる。

要員の途中交代は、プロジェクトの重大リスクだから、リーダーは事前に極力リスクを排除しようとする。心身の健康を害しているようなメンバーは入れない。だからこそ、自分自身の体調管理には、万全の注意を払ってきたつもりだった。それが、リーダーの途中交代ということになった事態は自分の不注意と言われてもしかたがないと思った。

引継ぎ後も、個人的にフォローしようと思ったが、開発体制から外れると、情報が入ってこない。口をはさむと、忙しい彼らの時間を奪うことになってしまうので、見ないふりをしてがまんするしかなかった。定時になると、チャイムがなったのも気づかず忙しく働いている彼らをしり目に会社を後にした。心苦しく、なんとなく後ろめたく感じたし、はじき出されたような寂しい複雑な気持ちになったことを思い出した。

神谷は窓際のベッドでベッドの頭側をあげて、外の景色を見ていた。腕に点滴をしていた。

「気分はどうですか」

さくらが問いかけると、神谷は慌てていた。

「あれー、忙しい二人が揃って見舞いに来てくれるなんて光栄だな」

「プレゼンが終わって、一息ついたから、上司の外出許可をもらってきたんです。これ、神谷さんの好みにあうかわかりませんが」

宏美は、そう言って持ってきた週刊誌をベッドの横の棚に置いた。

「神谷さん、すみません。私が指名したばっかりにこんなことになって、いつも神谷さんには苦労を押し付けるようなことになってしまって」

さくらが詫びると、神谷は点滴をしていない方の手を振った。

「そんな、さくらさんのせいじゃないですよ。前のプロジェクトの疲れもあったからですが、三日もゆっくり寝させてもらったんで、もうすっかりよくなりましたよ。それに……」

神谷は照れ臭そうに、言いよどんで続けた。

「僕、入院したのは、これで三度目ですが、会社の女性にお見舞いに来てもらったのは、初めてですよ」

頭に手をやって笑う神谷の顔には、無精ひげが伸びていた。仕事一筋の神谷は、独身だ。エリートSEだが、プライベートは孤独なようだ。

それから三十分ほど雑談して二人は病室を出た。

「それにしても、さくらは強いね。育児をしながら大の男が倒れるような強行軍を乗り切ったんだもの」

宏美は、歩きながら隣のさくらに話しかけた。

「違うよ。私は千恵がいたから、力をもらえた。疲れていても娘の顔を見ると、元気が出てくるの」

「ふーん、やっぱり家族って、いいのね」

午後の病院は人が少ない。広い待合室がひっそりしている。

「生産マップ変更対応の件だけど、あれは、どうも三峰とうちの上層部同士のかけひきだったみたいね」

さくらが立ち止って、宏美に問いかけようとしたが、宏美は、そのまま止まらずに歩いた。さくらは、宏美を追いかけた。

「確かに、変よね。自分の会社のプロジェクトなのに、おかしいよ。キーマンは出さないでおいて、納期は厳守しろって」

さくらは、不満に思っていたことを口にした。

「三峰は、プロジェクトの遅れや失敗の責任を、東光側に押し付けようという魂胆があったみたいね」

「失敗？　プロジェクトは、全然失敗していないじゃない。うまく行っている」

「そうよ。さくら達ががんばって、向こうの企みをつぶしたからね」

「ねえ、宏美。それは、誰からの情報なの？」

さくらは、前から気になっていたことを尋ねた。いくら宏美が、事務局にいるとしても、あまりに生生しい情報だった。

「矢沢さんからなの？」

さくらは鎌をかけた。が、宏美は、別に動揺した様子も見せずに答えた。

「私は、プロジェクトリーダーの秘書のような仕事もしているから、いろんな情報がはいってくるのよ」

「ねえ、宏美。私、いつか話そうと思っていたんだけど」

さくらが立ち止って、宏美を見た。宏美は思いつめたさくらの表情に、いつもの微笑を消した。

「私ね、見ちゃったの。キックオフの夜。あなたと矢沢さん」

宏美は、さくらの目をじっと見返し、二人はしばらく無言だった。宏美は、急におかしそうに笑い始めた。

「何を勘違いしたのかわからないけど。あの人とは何でもないわよ。上司と部下の関係。それだけ。矢沢さんは、いろいろ話題も豊富で魅力的な人だから、ファンは多いわよ。それに、あの時はキックオフで酔っていたからちょっとマナーを外れていたかもしれないけど、とにかく、さくらが心配するようなことは何もないよ」

「そうなの。それなら、安心した。たとえ、そうであっても二人とも大人なんだから、私が口をはさむことじゃないと思って、胸にしまっていたんだけど、つい、でちゃった」

さくらは、そこで声がかすれて、息を継いだ。

「とにかく、宏美には幸せになってほしいから」

4

総勢百人近いプロジェクトメンバーは、午前九時に大会議室に集合させられた。椅子の数が足りなかったので、両側や後ろの壁際にも大勢立っていた。多くの参加者は、隣同士でしきりに言葉を交わしていた。

すでに、プロジェクト中止の話は、どこからともなく広がり集合したメンバーの知るところとなっていた。集められた人たちは、中止の内輪話であるとか、今後の始末のことであるとか細かな情報を交換し合っていた。

幹部たちが入場してきて、会議室のざわめきは消えた。それは虚無感の漂う静寂であった。矢沢がマイクを握って、立ち上がった。

「昨日、正式に三峰電機様よりプロジェクト中止の連絡があり、プロジェクトリーダー会でも確認しました。日夜、プロジェクト完遂のために努力されてきたみなさんに、プロジェクト中止の決定を伝えるのは、断腸の思いであります。

さて、プロジェクトの後始末でありますが、概要設計までの作業となりますので、そこまでの設計ドキュメントは、しっかりと残すようにお願いします。経営状況を建て直し、必ず再度チャレンジしたいと三峰電機様もおっしゃっております。その時は、また、同じメンバーでここに参集できることを願ってやみません。今後の詳細については、各チームリーダーの指示に従ってください」

全体会は、十分ほどで終わった。キックオフの華々しさとは、際立つあっけなさであった。百人ほどいた人影は、潮が引くように消えて行った。

さくらが出勤した時には、製造チームの会議も終わりに近く、それぞれがプロジェクトを振り返り感想を述べていた。席に座ったさくらは、まったくその場の空気が読めなかった。若手の一人が発言した内容で、さすがに異変に気づき、佐伯に助けを求めた。

「さくらさん、知らなかったんですか。プロジェクト中止になったんですよ」

「えーっ、うそ、冗談でしょ」

「ええ、実はドッキリカメラですよ」

悪乗りする者がいて、さくらは混乱させられた。三峰電機の業績が悪く、近く大規模なリストラを行うことは知っていた。宏美からも、それとなくほのめかされていたから、プロジェクトに何らかの影響があるとは思っていたが、まさか中止になるとは夢にも思わなかった。今までの経験では、一度開始されたプロジェクトで中止になった例はなかった。それまでは、IT投資は聖域として扱われる傾向があったが、もうそのような特別扱いは許されない状況に至っているのだということを思い知らされた。

その日のうちに、プロジェクトルームから人影は消えた。残業時間でも大勢の人が動き回り、人の息でむせ返るようだった部屋に、主の消えた机だけが残され、まるで落城した城跡のような侘しさが漂っていた。

さくらは、午後プロジェクトルームの掃除を買って出た。机の中に忘れ物がないか調べ、紙くずや飲み残したペットボトルを捨てた。メディアボードを回してみると、消し忘れたページが現れた。業務部門の要求に対する対応案を検討していた頃のものだ。みんなで意見を出し合って、書くのが追いつかず、書きなぐったような筆跡だ。さくらは、あの時の熱い気持ちを思い出しながら、ボードの文字を消していった。

さくらが私物を入れた紙袋をさげて、元の職場へ続く廊下を歩いていると、向こうから背中を丸めて、うつむいて歩いてくる男がいた。その男の顔に、かすかに見覚えがあった。さくらが見つめていると、男も視線を感じたのか顔を上げて目が合った。

「さくらさん？」

声は、はっきりと記憶をよみがえらせた。

「渡辺さん、お久しぶり、お元気ですか」

「えー、まあ」

渡辺は言葉を濁した。髪には白いものが増え、顔色も悪かった。さくらは、自分の不適切な一言を反省した。

「さくらさん、復帰されたんですね」

渡辺とは、育休復帰後、初めて会ったのだ。さくらは、復帰後の三峰プロジェクトのことをかいつまんで話した。

「そうか、プロジェクト中止になったんですね。いよいよ、大変なことになりそうだな」

「いよいよって？」

「いや、なんでもないです」

渡辺は、慌てて手を振って、取り繕った。

「渡辺さんは、今、どちらの部署なんですか」

この質問は、渡辺には直接的過ぎたのかもしれない。渡辺は、口をかすかにゆがめたが、開き直るように言った。

「今の職場は、この上の階にあります。人材開発室です」

さくらには、聞きなれない部署の名前だった。さくらが判じかねているのを察して、渡辺が続けた。

「いわゆる追い出し部屋です」

もう一度、口元をゆがめて、渡辺は自嘲気味に笑った。さくらは、返す言葉を失った。渡辺は、「それじゃ」と頭を下げて去って行った。

元の職場に戻ったさくらは、自分の席を探したが、元の席には共用のプリンターが置かれていた。

さくらは、桧垣の席に行き、三峰プロジェクトが中止になったので、復帰した旨を伝えた。

「おかしいなあ。君がうちに復帰する話は聞いていませんよ」

桧垣は、薄ら笑いを浮かべ、椅子の背もたれに寄りかかった。さくらは、怒りで頭の血が逆流するのを感じたが、なんとか平静を保った。

「でも、プロジェクトが中止になったから、メンバーは元の職場に戻るって、チームリーダーから言われましたが」

「確かに、普通はそうなんだろうが、君は普通じゃないからね。とにかく、僕のところには連絡はきていない。けど、まあ、確認してみよう」

　さくらは、桧垣のふざけた態度に、逆流した血が沸点を超えそうになるのを、やっとこらえた。横を向いて電話で話していた桧垣が、受話器をおもむろに置いた。

「わかりましたよ。新村さん。あなたの新しい職場が」

　そこで、桧垣は言葉を切った。薄笑いを浮かべた顔には、捕まえた獲物をもてあそぶような残忍さがあった。そして、職場の全員が、耳をそばだてているのを、さくらは感じた。

「あなたの新しい職場は、人材開発室です」

　冷酷な宣告に、さくらは気が遠くなるのを必死で耐えた。私が、人材開発室に。なぜ？　頭の中で、叫びがこだましていた。

第七章　追い出し部屋

1

人材開発室の室長は、奈良橋という五十代の男だった。無表情で、めったに感情を外に表すことがなかった。さくらが、異動のあいさつに行くと淡々と人材開発室での仕事を説明した。

「ここでの仕事は、次の仕事を自分で見つけることとです。社内公募でもいいし、社外の仕事でもかまいません。毎週、成果をチェックする面接を行います」

奈良橋は、自分から言うべきことを言ってしまうと、さくらの存在を忘れたかのように、パソコンの画面に視線を移した。

「あの、私は今子どもが小さいので、育児短時間勤務を申請していますが、子どもに手がかからなくなれば、またバリバリ働くつもりです。だから、会社をやめるつもりはありません」

さくらが訴えると、奈良橋は、まださくらが目の前に座っているのが不思議だという顔をした。

「いいですよ。あなたをほしいと言う部門があれば、そこに異動して働けばよいのです」

そこまで言って、奈良橋は言葉を切った。それから、顔つきを変え、底光りする冷たい目で続けた。

「言い忘れましたが、ここにいられる期間には、限りがあります。最長一年です。それまでにここを出てもらいます」

「一年を過ぎても仕事が見つからない場合は、会社をやめさせられるのですか？」

さくらは、思い切って質問した。

「今まで、一年で仕事が見つけられなかった人は、いませんでしたね。もっともやめる時仕事が見つかったかどうか言わない人もいましたが」

剥き出しの鋼鉄の塊に直に触れたような冷たさだった。仕事が見つけられない人は、いたたまれなくなるようにしむけるということなのか。奈良橋の薄い唇が、かすかに動いた。

人材開発室には、数人の男性がいたが、一日中、パソコンに向かっているだけで、会話はなく、深い湖の底に押し込められているような雰囲気だった。

さくらが知っているのは、隣の机の島に座っている渡辺だけだった。室長が席を外したのを見計らって声をかけると、渡辺も待っていたのか、すぐに立ち上がった。

「打ち合わせ場所に行きましょう」

打ち合わせ場で向き合うと、渡辺の方から話し出した。

「まさか、新村さんとここでいっしょになるなんて信じられないですね。新村さんは、リーダーをやって、バリバリ働いていたのに」

「それは、昔のこと。今は、育児短時間勤務だし、二年間も休んだから技術的にも遅れてしまった。でも、私まだやれると思っているから。十分取り返し可能なのに、ひどすぎる扱いよ。とにかく、ここは女性に冷たい会社ね。これに負けていたら、後から来る人に申し訳ないから負けていられない」

さくらは、憤慨してまくしたてた。

「やっと、さくらさんらしくなった」

渡辺は、笑い顔を見せた。

「渡辺さんは、いつ頃、ここに来たんですか。確か私が産休に入る前にやっていたシステムの機能強化を担当させられたそうですね」

さくらは、渡辺がたどった経歴に興味を覚えて聞いた。

「あれは、元のシステムの骨格を変えるような機能強化だったので、結局、僕の手には負えませんでした。最初は、小幅な変更ということでしたが、顧客と話してみると、どんどん要求が膨らんでいったんです。最後は、マネージャーにも出てもらって協議した結果、要求を満たすには作り直すしかないということを顧客も理解してくれたんですが、納得はしていなかったですね。第一ステップの投資が無駄になってしまったわけですからね。結局、私の顧客対応が悪いと評価されて、別のプロジェクトの補助みたいな仕事を一年ぐらいやって、ここに流れ着いたのは、半年前ぐらいです」

さくらは、渡辺に同情を禁じ得なかった。話を聞くと、さくらにも責任の一端がある話だった。さくら自身、第一ステップという位置づけを理解していなかったが、顧客の要求をもっと深く掘り下げて話し合っていたら、顧客が最終的に要求しているシステムの姿を描くことができ、そこに至る効率的な道を示すことができたかもしれないのだ。結果的に渡辺が貧乏くじを引いてしまった。職場の中では損な役を割り当てられる人がいるが、渡辺もそれにあたるのかもしれない。自分に非があるわけでもないのに、周りから責任を押し付けられてしまうお人よしのタイプの人だ。他の人たちは、責任をその人に押し付けて、自分の非のあるところについても口を拭って、知らん顔を決め込んでしまう。

「まあ、僕は昔から会社にきらわれていますから」

渡辺が意味深につぶやいた。その一言で、渡辺が労働組合に入っていたことを、さくらは思い出した。忙しい時にも、組合の会議があると言って、残業を断っていた。思い出したくないことだが、桧垣から人員削減の話が出た時、一時ではあるが、渡辺を思い浮かべたことがあった。


三峰電機の納期回答システムの開発プロジェクトの時のことだった。プロジェクトは、プログラムの製造段階に入っていて、順調に進んでいた。週次の打ち合わせでプロジェクトの進捗状況を、桧垣に報告し、打ち合わせが終わったと思って、さくらが席を立とうとした時に、桧垣が「実は」と話を切り出した。

「今期の業績が思わしくなくて、利益が予算を下回っている。予算キープのためには、投入コストを下げる必要がある。ついては、三峰のプロジェクトで、一人減らせないかね」

立ち上がりかけたさくらは、椅子に座り直した。せっかく、プロジェクトが順調に進んでいるので、できれば体制をいじりたくなかった。

「うちのプロジェクトで、減らさなければいけないんですか。人を減らすと、お客様の納期キープが難しくなります。他でなんとかなりませんか」

プロジェクトに対する外乱を、内部へ持ち込まないようにするのが、リーダーの役目だ。狭い利己主義と言われるかもしれないが、まずは自分のチームを守ることを優先しなければならなかった。

「他は、数人の小さなプロジェクトばかりだからね。君のところは、十人以上いるんだから、一人ぐらいなんとかなるだろう」

確かに、プログラムの製造段階に入って、外注からの派遣要員が増えていて、さくらのチームが、フロアでは一番大きな場所を占めていた。さくらは、パソコンに向かっているメンバーをながめてから言った。

「今は、製造中ですから、プログラミング能力の高い派遣の要員は、残したいんですが」

「うむ、それは内部の要員なら、減らしてもよいということかね」

「できれば、残したいですが、どうしてもということであれば。概要設計を終わっていますから、設計のメンバーであれば、なんとか調整がつくかもしれません」

さくらの胸に浮かんでいたのは、渡辺だった。渡辺は、概要設計を終えて、プログラムの製造も担当していたが、外注の派遣要員ほど、プログラミング能力は高くなかった。もっとも、外注の派遣要員は、プログラミングに特化して、厳しい競争にさらされているから、能力は極めて高かった。上流工程を主に担当して、余った時間でプログラミングをしている社員に、太刀打ちできるものではなかった。

「それはわかるが、今は資材費を削減しなければ費用削減の効果はでない。内部の要員を減らしても、その人の所属を変えるだけだからね」

桧垣の返事はつれなかった。不満だったが、これ以上の抵抗も難しいと思われた。

「わかりました。検討しますので、少し時間をください」

「そう、すまないね。よろしく頼むよ」

さくらが要員削減を受け入れたので、桧垣はにこやかな顔であった。

自席に戻ると、さくらは、浩樹に声をかけて、打ち合わせ場所に誘った。桧垣の要求を話すと、浩樹は眉間にしわを寄せて答えた。

「しかたないですね。そうすると、一番若い彼になりますかね」

さくらも、ちらっと、浩樹の視線を追った。そこには先月から来ている小柄な男が座っていた。神経質そうな目をして、ぼそぼそと受け答えする、専門学校を出て二年目だという男だった。

「彼の担当しているプログラムは、今月完了します。残り三つありますが、さくらさんと僕、それと派遣のリーダーに分担してもらうことにしましょう。それで、彼は今月いっぱいということにしたらどうですか」

「えー、私もやるの」

「だめですか」

「しかたないわね」

こういう時のために派遣の契約期間は、一ケ月単位にしていた。これで、あの派遣要員を雇い止めにしてよいのかという気持ちがしたが、ここが終わってもすぐに次の仕事が見つかるはずだと、さくらは、自分の心に言い訳をしたのだ。派遣要員の調整は、日常的に行われていることであった。

2

今、自分の置かれている立場は、あの頃の報いかもしれない。相手の痛みに思いを向けず、機械的にやっていた。確かに、一人の人間としての扱いではなかった。伝票上は、資材費という物だった。

「ねえ、今、私たちって、ひどい扱いを会社から受けているわけじゃない。こんな時に、労働組合って助けになってくれるの」

さくらの質問に、渡辺は強い反応を示した。今までの穏やかな顔つきが厳しい目つきに変わった。

「組合って、どこかにスーパーマンがいて、SOSって発信すると飛んできて、悪い奴をやっつけてくれるものじゃなくて、実際、僕も組合員なんで、自分たちでどうするか相談して、力を合わせて自分たち自身を守る活動をするんです」

「そりゃ、そうよね。わかる。でも、渡辺さん自身、こんなところに入れられて、ひどい扱いを受けているのに対して、どういう対策をとっているの」

さくらの質問には、意地悪い響きが混じっていたが、それには気づかない振りをして渡辺は真面目に答えた。

「僕自身の問題でもあるし、ここにいる全員の問題だと思っているので、団体交渉で不当な扱いをやめるよう要求しています。また、ビラを作って、この会社に働く全員に知ってもらって、全体の要求になるように運動しています。でも、正直言って、こういうのは力関係なんで、僕らの組合はまだ少ないから、すぐに会社を動かすところまで行っていないのが実態です」

渡辺は、また穏やかな表情に戻って、続けた。

「ここじゃ、あんまり込み入った話ができないですから、今度ゆっくり職場をどうするか話がしたいですね」

自分から言い出したことなので、無下に断ることもできず、さくらは、「じゃ、今度」と了解してしまった。

今まで、さくらはプロジェクトのリーダーとして管理する立場から、労働組合をリスクの要素として捉えていた。プロジェクトよりも組合を優先して残業しない。休日出勤にも協力しない。その結果、納期を守れない。全てマイナスのイメージだった。要するに組合は、会社やプロジェクトにとって阻害要因という認識を持っていた。渡辺から今度話をしましょうと言われて、了解した時、さくらは組合に加入を勧められるかもと考えて、身構えた。しかし、まだ具体的に時間と場所を決めたわけでもないからと、あいまいにしたまま、頭の隅に追いやった。ただ、いつまでもあいまいにしておくことはできないという予感はしていた。

渡辺には、まだやれると強がって見せたが、家に帰って一人で振り返ると、さくらは、正直落ち込んだ。人材開発室に異動させられたということは、会社から不要な人間、負け組に分類されたということだ。結婚まで、いや妊娠まで、さくらは自分が負け組になることを想像したこともなかった。リーダーとして、先頭を切って走り、遅れる人をリスク要因として見たが、その人たちの気持ちを思いやることはなかった。実際、あの頃の自分は傲慢だった。成果は、全て自分で勝ち取ったと思っていた。でも、振り返ってみれば、全て周りの人たちの協力、献身によるものだった。何一つ自分だけの力で成し遂げられたものはなかった。今の状態は、その罰があたったのかもしれない。周りから切り離されて、一人きりになって、追い出し部屋というアリ地獄に入れられるとしみじみ自分の無力を感じる。もがいても、手をかけ足を踏みしめる砂の壁は、崩れ落ちるばかりだ。

仕事をもらおうと、社内の知り合いを訪ねても、ある者は目を合わせようとせず、運よく話ができた相手にも仕事のことになると、うまく逃げられてしまった。組織として、戦力外の烙印をおされてしまうと、組織の中で挽回するのは極めて難しい。

その中で、さくらが最後の頼みとしたのは、宏美だった。しかし、親友に仕事をもらうのは、お金の無心をするようで気が重かった。しかし、背に腹はかえられない状況だった。

「もっと、大きな仕事が、さくらにはふさわしいと思うけど、今はこんなものしかないの」

宏美が紹介してくれたのは、エクセルのマクロの保守作業だった。

「ありがとう。助かる」

さくらは、笑顔で礼を言って
「納期遅れにならないようにするわ」

と冗談を付け加えた。頭を下げて立ち上がるさくらに、宏美は言った。

「こんなこと言ったら、酷だと思うけど、さくらにこんな仕事はもったいないよ。この会社で無理なら、別の環境をさがした方がさくらのためだと思うよ」

さくらの胸につきささる言葉だった。さくらは、動揺を抑えて言葉を返した。

「うん、まあ、よく考えてみるよ」

宏美やオフィスの野次馬の視線を背中に感じながら、さくらはオフィスから出た。やっぱり来るべきじゃなかった。もう、二度とここには来るまいとさくらは思った。


夕食を終えて、さくらは食器をかたづけながら、ため息をついた。部屋の隅に、しまい忘れたひな人形が残っていた。ひな祭りを過ぎて、おひな様をしまうのが遅れると娘の結婚が遅れるという言い伝えを思い出した。忙しかったから、今年は飾るのもやめようかと思った。でも、おひな様も飾らないのは、かわいそうだと思った。このおひな様は、さくらの田舎から送ってきたお金で買ったものだった。一人だけの好みで買って後でもめると困るので、日曜日に千恵が寝ているのを見計らって、浩樹と二人でデパートに出かけた。千恵は、良く寝る子なので、二時間くらいは大丈夫だと思った。

ひな人形の売り場には、お内裏様だけの簡素なものから、七段飾りの豪華なものまで、様々な人形が展示されていた。展示を見て回っていた二人が、同時に足を止めたのが、三段飾りの人形だった。おひな様の御顔がふくよかで、おっとりした感じで、千恵に似ていると思った。

二人で即決してマンションに帰ったのだが、やはり予定より長くかかってしまった。部屋に入ると、千恵が泣いていた。さくらは、慌てて駆け寄り、千恵を抱き上げた。千恵は、顔を真っ赤にして泣いていた。

「ごめん、ごめん。誰もいなくて、怖かったね。ごめんね」

さくらは、あやしながら、やっぱりどちらか一人で買いに行くべきだったと後悔したのだった。

食器の片付けが終わると、千恵が「歌かけて」と言った。三歳になった千恵は、保育所で童謡を覚えて、ＣＤで聞くのに熱中している。「からすの赤ちゃん」、「かわいいかくれんぼ」、「犬のおまわりさん」をかけてやると、千恵は、身体を動かして、ところどころで、いっしょに声を出して歌っている。さくらも、いっしょに大きな声で歌っていると、なんだか元気が出てきた。さくらは、千恵のためにもこんなことで負けてはいられないと自分に言い聞かせた。

3

その日、さくらは千恵を雅子に保育所に送ってもらうことにして、通常の始業時間にあわせて出社した。社内公募に応募した部門のマネージャーから、朝一での面接を指定されていたのだ。

さくらが、会社の正門に近づくと、何やら騒がしかった。黄色地に赤で、ユニオンと染めたのぼりが、はためいていた。ハンドマイクで演説している男の周囲で、数人の男がビラを配っていた。ハンドマイクの男の声は、聴きづらかったが、不当な配置転換、退職強要反対という言葉が聞き取れた。さくらは胸がどきどきしてきた。自分のことだろうかと思ったのだ。その時、ビラを配っている男と目が合った。渡辺だった。

「おはようございます。不当な配置転換、追い出し部屋をやめさせましょう」

渡辺が笑顔で差し出したビラを、さくらは反射的に受け取った。他の社員たちは、差し出されたビラを無視して、通り過ぎてゆく。門の脇に立った守衛が厳しい目を光らせている。さくらは、もらったビラをすぐにバッグの中にしまった。

オフィスへ向かいながら、さくらは考えた。さくらは、少しでも良い待遇を得るには、他よりも優れたアイディアを出し、実績を上げて、よい評価をもらい、地位を上げていくことだと考えてきた。自分の努力もあるが、周りの力も借りて運よく成功しても結局、上がって行けるのは、ごく一部の人だけだ。大半の人たちは、現状維持か降格の評価を受ける。競争では、底辺や平均的な人たちの待遇改善はできない。それができるのは、全体の改善を要求している労働組合だけだ。だが、労働組合運動をしている人は、活動に時間やエネルギーを取られるから仕事の成果は少なくなり、低い評価を覚悟しなければならない。加えて、労働組合をきらう会社から恣意的に評価を下げられることもあるだろう。思想による差別であり、憲法違反であるが、現実には横行していることは容易に想像できる。その人たちは、全ての人が救われなければ自分が救われない状態に自らを置いている。徒競走で断トツの最下位を自ら買って出ている。自己犠牲の美しい精神だが、さくらは、そこまでは悟ることができない。まだ、自分の欲を完全に消してしまうことはできない。浅ましいと思うが、それが本音だ。普通の人間ならそうだろう。渡辺たちは、何を支えに、がんばることができるのだろうかと不思議な気がした。

席に着くと、いつもよりも早く出勤したさくらを奈良橋が、いぶかしげな眼で見ていた。さくらは、奈良橋の前に行った。

「社内公募の面接があるので、これから行ってきます」

奈良橋は、うなずいただけで何も言わなかった。あいかわらず、感情を表にださない。次に何をしかけてくるかわからないので、不気味だ。

社内公募を募集しているのは、官公庁関係のシステムの運用保守要員を供給している部門だった。指示された会議室に入ると、すでに先着の応募者が座っていた。さくらは、テーブルの隅に座った。先に来ていたのは、四十代くらいの男だったので、声をかけてみた。

「九時からと指定されてきたんですが、あなたも面接なんですか」

「ええ、そうです。すでに前の人が面接中ですよ」

十五分くらいして、ドアが開いて、メガネをかけた若い男が、「次の方、どうぞ」

と声をかけた。

「お先に」と言って、さっきの男が立った。

さくらが呼ばれたのは、それから二十分後だった。面接官は、案内をしていたメガネの若い男と頭がきれいに禿げた年配の男だった。さくらが席につくと、さっそく年配の男が言った。

「応募の理由と自分のセールスポイントを述べてください」

就職の時の面接と同じだなと思いながら、あらかじめ調べていたこの部門の課題にあう自分の経歴を交えて、自己ＰＲをした。

「新村さんは、システム開発の経験は豊富ですが、運用の経験はありますか」

「運用の経験はありませんが、できるだけ短時間に習得して、対応していきたいと思います」

「そうですか。運用では障害が発生すると夜間でも電話がかかってきて、障害対応することになりますが、可能ですか」

若いメガネの男が、遠慮がちに聞いてきた。

「はい、リモートで自宅から対応するのは可能です。開発でもリリース直後は、開発部隊が障害対応していましたから」

「わかりました」

若いメガネ男は、礼儀正しい人のようだ。

「プライバシーにかかわることになりますが、官公庁のシステムを扱う人には一応身元調査をさせていただくことになりますが、よろしいですか」

「身元調査というと？」

さくらは、不安を感じて聞いた。

「一応、配偶者、両親、兄弟、同居人などについて、職業とか所属団体とか報告いただいた上で、こちらからも確認させていただくことになっています。情報セキュリティの一環です」

さくらは、どの範囲の親族まで書くのかと思ったが、あまりしつこく聞くと不信がられると思って、「大丈夫です」と答えた。それからもいくつかの質問を受けた後、年配の男が、結果は一週間後に通知しますと言って終わりになった。

一週間、期待して待っていたが、結果は不採用だった。理由は記載されておらず、何が悪かったのかわからない。ただ、あなたは必要ありませんと、拒絶されてしまったようで、ショックだった。世間では何十社も応募して一つも内定を得られない大学生の就活のことが報道されているから、それと比べれば回数は比べものにならないかもしれないが、心の痛みは同じだと思う。それから、何回か社内公募に応募したが、面接にたどり着くことすらできなかった。そうして、奈良橋との面談が、徐々に重く苦痛を伴うものになってきた。

週報は事前に、奈良橋にメールで送っているが、面談では紙に印刷して、紙を見ながら報告する。さくらの週報は、先週と同じくいくつかの興味を持った求人情報を抜き書きしているだけだ。業務実績欄は空白だ。

「これで三週目ですね。業務実績のない週報は。仕事をしない人に給料を払う会社の負担を考えてください。興味のある求人情報もあるようですから、そっちに早くチャレンジしたらどうですか。家族と相談してくれませんか」

「私は、仕事をする意欲があります。他の部門では忙しくて手が足りないところもあるようなので、そこに異動させてくれれば働けます」

「でも、あなたは短時間勤務ですよね。そういう条件で、ほしいと言ってくるところはありませんよ」

「育児の短時間勤務は、会社が設けている制度ですから、それに見合った仕事を見つけてくれるのは会社としての当然の責務じゃないですか」

さくらは、腹立ちまぎれに、強い調子で言った。この会社は、言っていることとやっていることが違いすぎる。対外的には「女性の活躍を支える」「子育て応援」とかアピールして政府から賞をもらっていながら、実態はまったく違っている。政府にもちゃんと実態を調べて、賞を出してもらいたいものだ。

「仕方がないじゃないですか。厳しい業績競争をしている各部門としては、少しでも能力の高い、体力のある人を求めるでしょう。一日六時間しか働けない人と十二時間働ける人を比べたら誰だって十二時間働ける人を選びますよ。当然ですよ」

奈良橋は平然と言い放った。男女平等、雇用機会均等と言い、男女にかかわらず能力で評価すると言っても、結局、定時間での成果ではなく、労働時間の制限なしで成果を比べれば時間の長い方の成果が多くなるのは当然である。仕事の質が違うと反論したくなるが、質を評価するのは難しく、もっぱら単純な量だけで評価されてしまう。さくらは、唇をかんだ。

「ご主人も優秀なエンジニアで、働いておられるんですよね。あなたが、無理して働かなくても大丈夫なんじゃないですか。ご主人と相談してもらえませんか」

「主人は海外勤務なので、すぐに話ができません。それに、私は、この仕事が好きで、働き続けたいのです」

「でも、あなたには、今仕事がないじゃないですか」

奈良橋が、獲物を追い詰めた狩人のような残忍な目つきで言った。

「どうしても、やめろということですか」

「自分で判断してください。このまま、ずっとここで、くすぶっているのか。別天地で自分の力を発揮する道を選ぶのか」

奈良橋は、腕時計に目をやった。

「じゃ、今日の面談はここまでとします。来週までにご家族と話しあってきてくださいよ」

そういうと、奈良橋はノートパソコンの画面に視線を移した。次の面談者の週報を読んでいるようで、さくらのことは、もう眼中にない様子だった。さくらが、会議室を出ようとした時、入れ替わりに、渡辺が入ってきた。渡辺は、さくらと目が合うと、疲れた表情の中でも目で笑いを作った。さくらは、声は出さず、口の形だけで「がんばって」と励ました。

面談の精神的な苦痛に加えて、給料の大幅な減額は、家計への現実的な打撃だった。さくらの業績評価は、あれだけ三峰プロジェクトで献身したにもかかわらず、業績に結び付かなかったということで、五段階評価の下から二番目だった。そして、人材開発室に移ってからは、まともな仕事も与えられなかったので、ついに最低評価になってしまった。その結果、さくらのボーナスは、産休前に比べて、七五パーセントも削減され、月給も一五パーセント低下した。その明細書を目にした時、目の前が真っ暗になった。十数年積み重ねてきたキャリアを無残に否定されたと感じ、怒りで体が震えた。

東光では、相対評価による業績評価制度を取っていて、下位一五パーセントの人が、一〇パーセントから一五パーセントの減額となる。懲戒による減額処置でも最大一〇パーセントまでと法律で定められていることからも、その苛烈さが際立っている。対象者は、懲戒に値するような違法行為を行って会社に損害を与えるようなことはしておらず、ただ、会社の恣意的な相対評価で、低評価になったというだけなのだ。しかも、この低評価による減額は、一年だけではなく、将来にわたって続くのである。

だから、最低評価を受けた社員は、会社での将来を悲観して、自分から退職を選ぶ者が少なくない。迷っている者には、退職強要が続き、それでも、会社に残るものには、さらなる強力な制裁が待っているという労働者に対する恐怖の多重構造となっている。

会社でのひどい扱いを癒してくれるのは、千恵の姿だった。数日前、プロジェクトの疲れがでたのか、さくらは、熱がでて病院に行ってきた。千恵は、さくらの額に小さな手を当てて、「お熱さがった？」と心配してくれた。それからは、キューピーさんを相手に、お医者さんごっこを繰り返している。

「どうしたの？」

「頭が痛いの」

「じゃ、行っていらっしゃい」

千恵は、隣の部屋に行って、戻ってきた。

「行ってきた」

「なんだって？」

「頭が痛いのと、風邪だって」

「そう。じゃ、寝かせてあげようね」

千恵は、キューピーを寝かせると、スプーンとお茶碗を持ってきた。

「おかゆを作ってあげようね」と言って、キューピーにスプーンで食べさせようとしている。そんな千恵を見ていると、自然とさくらの頬も緩むのだった。

第八章　ユニオン

1

交通量の多い幹線道路から外れて、古ぼけたガラスケースにサンプルを並べた中華料理店の角を曲がると、上り坂になった。渡辺から渡された地図を頼りに上っていくと、路地の奥に風雪に耐え、今や雨をしのぐのがやっとと思われる古ぼけた二階建てのアパートがあった。雑草が生え、じめじめした地面を足の踏み場を選びながら進み、赤錆の出た鉄の階段をこわごわ上った。一番端の部屋のドアには、「情報ユニオン」という小さな看板がかかっていた。

陰湿で、ますますきつくなる奈良橋の面談と退職強要は、さくらには耐え難いものになってきた。沙織に相談すると、労働基準監督署か、労働組合に相談したらよいとアドバイスされた。労働組合と聞くと、渡辺の顔しか思い浮かばず、かねてから誘われていたので、千恵を沙織に預かってもらい、出かけてきたのだ。

ノックすると、中から返事があって、顔を見せたのは渡辺だった。案内された部屋は、印刷物が散らかり、新聞やパンフレット類が山のように積み上げられていた。壁には集会のポスターが張られ、黄色地ののぼり旗も立てかけられていた。インクとカビの入り交じった臭いが充満していた。一見して、いかがわしい集団のアジトという雰囲気で、さくらの気持ちは一気に引けて、ここに来たことを後悔し始めていた。

「こんにちは。今日は、わざわざむさくるしいところに来てくれて、ありがとうございます」

小柄で頭に白いものが交じる男が近寄ってきた。男は、紺色のジャンパーに薄茶色のチノパンというラフなスタイルだった。年齢は、五十歳前後と思われた。

「委員長の並木です」と自己紹介して、さくらに椅子をすすめた。

「ナベさんから、お話はかねがね伺っています。ナベさんと同じ人材開発室ですよね。どうですか。その後の状況は」

並木は、両手をテーブルの上で組み、真剣な表情で尋ねた。

さくらは、奈良橋との面談の内容を詳しく伝えた。

「家族と相談してと言われても、夫はシンガポールにいますし、送金は多少ありますが、十分ではないので、娘を育てるためには、私が働かないとダメなんです」

さくらは、思い切って家庭の事情を説明した。並木は、何度か頷いて聞いていた。

「プライベートなことまで、話していただきありがとうございます」

「既婚の女性は、夫の収入があるから、働かなくてもよいという意識が、根底にはあるようで、男女平等など有名無実もいいとこです」

さくらは憤慨して付け加えた。

「そうやって、毎週面談で退職を強要してくるんですね。許せませんね」

並木は、渡辺にも視線を送りながら言った。渡辺は、並木の横に座って、じっと耳を傾けていたが、発言は控えている。

「退職を拒否して働き続けても、仕事はなく、評価も最低だから給料は、新入社員以下だって言われました」

さくらは、奈良橋との面談を思い出して、屈辱で声が震えた。

「ひどい奴だ。許せん」

突然、渡辺が叫んだ。目の前に奈良橋がいるかのように顔を紅潮させていた。声が大きかったので、並木もさくらも驚いて、渡辺を見た。渡辺は、我に返って、「すみません」と謝り、小さくなって椅子に座り直した。

さくらは、自分のことのように感情移入して聞いてくれている渡辺に、これまでと違う感情が芽生えているのを感じた。

「嫌がらせをして、嫌気がさして自己都合退職するように仕向けているのですね」

並木は冷静だった。

「新村さん、根競べですから、負けてはいけません。労働組合として、退職強要を受けている人から訴えが出ているので、すぐにやめよと要求します」

並木は、力強く言い切った。頼もしい言葉だったが、さくらには気にかかることがあった。

「その場合、会社は誰からの訴えか明確にするように要求するのでしょうか」

さくらは、思わず尋ねた。労働組合から会社に物申すということは、会社との決定的な対決になる。後戻りはできなくなる。ただ、今のままでは、生殺しにあっているようなものだ。さくらが、迷っていると並木が静かに続けた。

「会社の中核として活躍していた新村さんの会社と対立したくないというお気持ちはよくわかります。でも、会社は冷酷ですよ。会社は、もうあなたは不要だと判断して、切り捨てたのです。だから、あなたを追い出し部屋に入れて、執拗に退職を迫っているのでしょう。もう、会社への幻想は捨てるべきです」

並木の言うことは正しいと思う。頭では理解している。しかし、感情としては、まだ一縷の望みを託したい気持ちを捨てきれない。特に、細々と小さな仕事を回してくれる宏美や昔の職場の仲間を思うと彼らへの裏切りのような後ろめたさがあった。それに、誠一や特に雅子は、どんな反応を示すだろうか。

「会社と闘うには、労働者は一人では太刀打ちできません。労働者は、会社と対等になるために団結しなければなりません。それが、労働組合です」

並木は、労働組合には団体交渉権があり、会社と労働条件について対等に交渉でき、会社は団体交渉を拒否できないことを説明した。並木の風雪を感じさせる顔には、会社と対等に渡り合い、労働者を守ってきたという自信がみなぎっていた。

並木の言葉は熱を帯びてきた。日本の職場の状況を語り、戦後禁止されていた派遣労働が、原則解禁され、今や働く人の三人に一人は非正規という状態であること、働いても生活保護並の年収というワーキングプアの人たちが増え続けていること、苦労してやっと入った会社が、若者を使い捨てにするブラック企業だったということが多く、三年以内に三分の一が離職している実態を語った。

東光の職場での働きにくさ、生きにくさもその一環であるが、むしろ東光は日本の中で労働環境破壊を率先する毒見役を自認しているのだとも語った。そして、日本を働く者にとって希望ある国にするには、団結して闘うしかないのだと強調した。

渡辺も首を縦に振りながら、同調している。さくらは、二人が、崇高な使命感を持っているのは、尊敬に値すると思った。しかし、このところの社会情勢を見ても、力関係として、目的を達成するのは不十分と言わざるを得ないというのが、正直な感想だった。

「どうして、こんな風になってしまったのですか」

さくらは、率直な疑問をぶつけてみた。昔は、労働環境はそんなに悪くなかったのに、なぜここまで悪くなってしまったのだろうか。社会が成熟して、経済が低成長になってしまったからだろうか。日本が豊かになり、みんなそれほど働かなくなったからだろうか。

並木には、答え慣れた質問だったのだろう。すぐに、よどみなく話し始めた。

この流れは、財界の周到に準備された戦略であると語った。日経連が、一九九五年に発表した「新時代の日本的経営」の提言が、最初の狼煙であった。高くなった日本の労働コストを下げるために、日本の労働慣行の柱であった終身雇用の破壊をもくろんだのだ。提言の柱は、従業員を三つのグループに分け、終身雇用を続けるのは、第一の幹部候補のグループだけに限り、第二の能力活用型グループは、専門能力を持った人材を、雇用期間を限って雇用して、成果に応じて処遇する。第三の柔軟雇用型グループでは、バイトや派遣社員を仕事の種類別の時給で雇用するというものだった。

この戦略は、新自由主義という旗印のもとに、社会のあらゆるところで、いっせいに展開された。多様な働き方の導入という美名で下心を隠して、戦後一貫して法律で禁止してきた派遣労働を解禁した。弱肉強食の競争を奨励して、労働者を分断し、ごく一部の高報酬のエリートから圧倒的多数の劣悪な条件で働く非正規労働者たちまでランク付けして階層化しようとしている。全ては、自己責任という免罪符によって反論を封じているのだ。

さくらは、自分のことを批判されているように感じて、恥ずかしくなった。リーダーとして上から目線でメンバーを管理し、できない者は落ちこぼれだから当然と成績の悪い派遣社員を、平然と契約解除していた自分を思いだし、穴があったら入りたい気持ちだった。

そして、立場が逆転して、自分が切られる側になってしまったのは、あの頃の罰があたったのかもしれない。自業自得という言葉を、さくらは噛みしめた。

「でも、そこまでわかっていたのに、なぜ、労働組合側は対抗できなかったのですか」

さくらは、自分の悔恨を脇に置いて、質問を重ねた。並木は、にやっと笑って、「いい質問ですね」と言って、窓の外に目をやった。

「人は誰でも自分に甘いものです。成果、自己責任と言われると、自分は役に立っている。成果を上げているから大丈夫、成果主義になれば、さらによい評価をもらえると思うものです。でも、全員が評価されるわけはありませんよね。しばらくして、これはおかしいとわかってきます。政権交代で民主党が政権についた時、派遣法の抜本改正のチャンスがありました。しかし、なんと規制すると派遣労働者から仕事を奪うことになるという意見が出て、規制は骨抜きになってしまいました。民主党政権の基盤は、連合、企業内労働組合の連合体です。日本の企業内労働組合の役員は、基本的に会社の指名です。役員を降りると管理職のポストが約束されています。だから彼らは、会社の方針に従順です。労働組合と言いながら、自分たちの仲間の正規社員さえ守ろうとしません。今、全国で吹き荒れている大企業のリストラの嵐を見ればわかります。会社の人員削減に反対してストを打って、闘う連合の組合はありません。会社の方針を唯唯諾諾と承認するだけです。ましてや、非正規労働者のことを本気で考えているところはありません。元々、戦後企業別労働組合を育成してきたのは財界ですが、労使協調の闘わない労働組合は、日本的経営の重要な柱なのです」

並木は、口角沫を飛ばす勢いで、しゃべった。自分だけが一方的にしゃべったことを反省するように、最後は静かに付け加えた。

「労働者は、団結しないと力になりません。正規だ、非正規だと分断されると結局資本側につけこまれるのです」

さくらは、日本で働く者が置かれている状況を、ようやく理解できたと思った。労働者は、自分の選んだ役員の労働組合にも守ってもらえない。いや、そういう労働組合だとわかっていても他に選択肢がないのだ。そして、非正規には労働組合さえ遠い。どこにも救いを求めることができない閉塞感が日本中の職場に漂っている。

「でも、うちの労働組合は違います。うちの労働組合は会社と対峙して労働者を守ろうという人たちだけが集まって作った労働組合です。だから最後まで労働者を守るために戦います。ぜひ、新村さんにも労働組合に入ってほしいのです」

並木と渡辺に、熱い思いのこもった目で見つめられて、さくらは返事に窮した。

「すみません。今日はお話を聞きにきただけなので、決断できません。よく考えてからお返事させてください」

さくらは頭を下げた。並木と渡辺は、信頼できる人だと思った。さくらの今の状況を打開できるのは、労働組合しかないということも理解できる。しかし、労働組合に加入することはさくらにとって人生の大きな岐路になるだろうことは直感できた。その道には、狭い門があり、先にはきつい坂道がまっているようだ。一方、今まで通りの道は、すぐ行き止まりであった。究極の選択と、さくらは心の中でつぶやいた。

休みに出てきて、さくらの話を聞いてくれたのに、申し訳ないと思って顔を上げると柔和な並木の顔があった。

「いいですよ。よく考えて返事ください。期待して待っています。職場で何かあったら、すぐに私に連絡ください」

そう言って、並木は携帯番号を記入した名刺を差し出した。


駅への道を歩きながら、さくらは自分の優柔不断を嫌悪していた。帰って誰に相談するというのか。結局、自分で決定するしかないのに。昔はもっと決断力も行動力もあったと思う。それが自分のことなのに自分で決めきれない情けない人間になってしまった。自分は、昔の姿、リーダーとして先頭に立って活躍していた頃の自分の幻想を捨てきれず、未練たらしく追い求めているだけなのだ。

さくらは立ち止まった。ここは、会社から一駅離れたところだ。確か宏美が住んでいるのは、この近くのはずだ。沙織に千恵を迎えに行くと約束した時間には、まだ二時間ほどあった。さくらはスマホを取り出して、宏美をコールした。

2

さくらは、駅前のコーヒー店で窓際に座って、入り口を注意していた。さっき電話に出た宏美の声が、いつになく硬かったのが気になった。さくらが仕事を回してほしいと頼むことを警戒したのかもしれない。

入り口に宏美の姿が現れた。さくらが手を振ると胸のところに手を上げて、宏美が応じた。宏美はライトグリーンのジャケットに、スリムなブラックのパンツスタイルだ。宏美もさくらと同じカフェラテを注文した。

「今日は、ちーちゃんどうしたの。まあ、たまには子育てから解放されて羽を伸ばす日も必要よね」

「今日は、知り合いにみてもらってるの」

さくらは、どう切り出そうかと迷ったが、単刀直入に言うしかないと思った。

「今まで、仕事回してもらってありがとう。助かった。でも、もうこれからはいいから」

「もう、いいって、どういうこと。それって、もしかして、会社やめるってこと」

宏美が飲みかけのカップを置いて、身を乗り出した。

「会社はやめない。会社やめたら生活できないもの」

「じゃ、どうして。少なくって申し訳ないと思っていたけど、少しでも業務実績がある方が報告の時、いいでしょう」

「私に仕事回していると、宏美も会社の中で立場が悪くなるでしょう。それと」

さくらは、ちょっとためらったが、続けた。

「さっき、労働組合に行って相談してきた。会社のやっていることは、あまりにおかしい。私は、仕事をやってきた。三峰プロジェクトの時だって、家で仕事をして納期を守った。それが、プロジェクトが中止になったから成果なしっておかしいじゃない。子育てしているから、短時間勤務だから、他の人より劣るなんて、おかしいじゃない。子育てを支援すると表向き言っておきながら、やってることは全然違うじゃない。こんなこと黙っていられない」

さくらが、ほとばしるように怒りをぶちまけると、目を見開きカップから口を離したままだった宏美は、静かにカップをテーブルに置いた。

「さくらの怒るのは無理ないと思う。それで、どうするの。労働組合って、うちのあの過激集団のこと。労働組合に入ろうというの。それだけはやめといた方がいいと思うわ。そんなことしたって、結果的に損するのは、さくらの方よ」

「まだ、入るって決めたわけじゃないけど。でも、仕事を取り上げられて、追い出し部屋に入れられて、毎週、退職を迫られるのは、もう耐えられない。私だって、人間なんだから人間らしく扱ってほしい。でも、もし私が会社に弓ひいた時、仕事を回してくれた宏美に迷惑をかけると悪いから、一言ことわりたかった」

さくらは、一気に話した。宏美は、上を見上げて、ため息をついた。

「まあ、どこまでも義理堅いというか。バカ正直というか。あのね。そういうことは、企画部のマネージャーには言わないものよ。一応、人事機能の一端を担っているんだから」

宏美は冷えたカフェラテを飲んで、顔をしかめた。二人とも、しばらく黙っていた。

「まあ、さくらが決めたら、後に引かないんだろうから、好きにすればいいわ。そうなったら、お互い鉄砲打ち合うことになるかもしれないけど」

さくらが見上げると、宏美の視線とぶつかった。心なし目が潤んでいるように見えた。

「それと、こんな話ができるのも最後かもしれないから、聞きたいんだけど」

宏美は、そこで話を切り、言いにくそうにしていたが、ようやく続けた。

「私と彼とのことだけど、絶対、周りに言わないでよね」

さくらは、絶句して、首を横に振った。

「私は、誰にも話していない」

宏美は、じっとさくらの目を見つめてから笑った。

「ごめん。さくらが、そんなことするわけないと信じてるけど。今、彼は、本当にたいへんな時期なのよ。今度の株主総会で役員入りすることになっているんだけど、抜擢だから、ねたむ人もいて、彼の傷のあら探しをしているようなの。三峰プロジェクト中止の件も彼の責任にされそうな気配だし。私は、絶対、彼のお荷物にはなりたくないの」

それから、二人は店を出た。さくらと宏美の方向は反対だった。手を振って別れた。しばらく歩いて振り返ると、宏美は背中をまっすぐに伸ばして歩き去って行った。

3

宏美には威勢のいいことを言ったが、さくらは労働組合に入る決断を先延ばしにして、元の職場からの細々とした仕事を続けていた。人材開発部に来てから一年が、拍子抜けするような静けさで過ぎていった。あれは、奈良橋の口先の脅しだったのだろうかと、ほっとする気持ちと、そんなことはない何か企んでいるはずだと疑心暗鬼になる気持ちが、入り交じって落ち着かない日々が流れて行った。

ひな祭りが過ぎ、春の気配が感じられる頃になったが、その日は冬型の気圧配置で、寒さが戻っていた。午後二時四十六分、揺れは、突然やってきた。床が、机が動いた。机に置いていた分厚いファイルが、崩れて床に落ちた。背の高いキャビネットは、耐震対策で、固定されていたが、ぎしぎしと不気味な音を立てた。

「机の下に隠れて」

誰かが大きな声で叫んだ。女性の悲鳴が隣のフロアから聞こえた。さくらも、机の下に隠れたが、恐怖で生きた心地がしなかった。ずっと続くのかと思われた揺れが、やっと収まった。

各部門には、防災隊が組織されているが、人材開発部にはなかった。周りでは、慌ただしく、動き出している気配があるが、まったく、情報が入ってこないので、不安が募った。室長の奈良橋もうろうろしているばかりだ。数分後に、また、激しい揺れが襲った。前のと同じぐらいの揺れで、天井や壁が落ちたり、このビルが倒れるのではないかと怯えた。

「震源は、宮城沖らしい」

パソコンの地震速報を開いた人が、叫んでいる。机の下にもぐった人も、スマホを開いて見ている。

防災隊がある隣の部署に、合流して行動しようということになった。隣の部署では、ヘルメットをかぶったマネージャーが、防災隊の旗の横に立っていたが、どう行動してよいかわからず、呆然としていた。「防災本部から、指示がないので」と自嘲気味に語った。情報も指示もないので、人々のいらだちが高まった。そのうち、一部から一時避難場所になっている隣の公園に行こうという意見が出た。防災担当は、逡巡していたが、より安全な行動をとるべきだとの声を受け入れて、階段を使って、ビルの外に出ることになった。狭い階段は、大混雑であった。高いかかとのサンダルを履いた女性が、あぶなっかしい足取りで、歩いて行く。

公園は、すでに、周りのビルから集まった群衆であふれていた。さくらは、雅子に電話したが、電話はつながらなかった。千恵は、どうしただろう。千恵を保育所に預けている。お迎えを、雅子に頼みたいが、こんな非常時では、雅子も当てにできなかった。どこにも連絡はつかず、心配であせるが、どうしようもなかった。

いつの間にか、渡辺が、そばに来ていた。さくらは、渡辺に不安を訴えた。

「子どもを、保育所に預けているの。お迎えにいけないわ」

「心配ですね。でも、保育所で保護者が行くまで見てくれるでしょ。会社は、帰宅できるものは、帰宅してよいと言っているようですが、電車も動いていないし、どうしようもないですね」

その日、東京では、三百万人を超える帰宅困難者が出た。公共交通機関が止まったために、帰宅の足を奪われた人々は、歩いて自宅に向かった。千恵の安否が心配だったさくらも、歩いていた。隣を渡辺が歩いていた。さくらが歩いて帰るというと、渡辺は心配だから送って行くと言ってついてきたのだ。歩道からあふれた群衆は、車道を歩いて行く。車道を埋め尽くした車は、動く気配がない。途中で、コンビニに寄ったが、棚には食品は何もなく、補充の見込みもないという。仕方なく、また歩き出すが、靴ずれができたのか、足に痛みがきた。

「大丈夫ですか」

「靴ずれができちゃったみたい。でも、ありがとう。付き添ってくれて」

幹線道路では人通りが多かったが、夜がふけると次第に人通りも少なくなってきた。一人だと心細かったと思う。

住んでいる区内に入ったところで、電話が通じて、千恵は誠一が迎えに行き、さくらのマンションに連れて帰っていることがわかった。電車が止まり、車も渋滞で動けない中、誠一は、自転車をこいで迎えに行ってくれたのだという。

マンションにたどり着いたのは、深夜の一時を回っていた。起きていた誠一は、服を着たままだった。

「何が起こるかわからんからな」

と言って、さくらの後ろで、頭を下げる渡辺に警戒の視線を送った。

「私が歩いて帰ると言ったら、心配だからと付き添ってくれたの」

「それは、それは、ご親切に」

如才ない誠一の言葉に、渡辺は、消え入りそうに恐縮していたが、帰る手段もないので、居間にふとんを敷いて寝てもらうことになった。

つけっぱなしにしたテレビからは、目を覆いたくなるような惨状が、流れ続けていた。濁流のような津波が、容赦なく人も車も家屋も田畑も呑み込んでいく。SF映画でも見ているのかと錯覚してしまいそうだ。しかし、あの流されていく家には、住民が残されているかもしれない。そして、津波に向かっていくように走る車には、確実に人がのっているのだ。

被災地では、こんな悲劇が起きていたのかと、テレビを見つめた。うめき声しか出ない。改めて、自然の脅威を感じた。東北地方は、過去にも何度も津波の被害を受けてきた。防潮堤などで備えていたはずだ。しかし、今回の津波は、人間の想像力をあざ笑うかのように、防潮堤を軽々と乗り越え、市街地を押し流し、二万余に及ぶ人命を呑み込んで、さらっていった。

ニュースでは、福島県にある原子力発電所で、緊急事態が進行していると伝えていた。さくらは、このニュースで福島に、原子力発電所があることを初めて知ったぐらいで、日頃自分たちの使っている電気がどこでつくられているのか、関心を持っていなかった。報道されている事態も、最初は、よく理解できなかった。冷却用交流電源の全喪失。原子炉は、地震を感知して、制御棒が入り緊急停止しているのだから、何が問題なのだろうと思った。しかし、解説される内容を聞いて、次第に背筋が寒くなってきた。

「やばいっ。メルトダウンだ。チェルノブイリと同じことが起こるかもしれない」

テレビ画面を食い入るように見ていた渡辺が叫んだ。

「まさか。日本ではそんなことは起きないだろう。日本の原発は安全なはずだ」

誠一が言い返した。誰もが、そう信じたかった。しかし、翌日の午後には、一号機で爆発が発生して、建屋が無残な骨組みをさらした。二日後には三号機でも爆発が起こった。現場の人たちの懸命な努力が続いていたが、事態をコントロールできておらず、次第に悪化していっていることは誰の眼にも明らかだった。ついに自衛隊のヘリコプターが大きなバケツをつりさげて、放水したが、効果的とはとても思えなかった。

避難指示は、最初の原発の二キロ圏内から始まって、その後三キロ、十キロ、二十キロ、三十キロと目まぐるしく変わり、その度に繰り返された政府高官の「ただちに健康に被害を及ぼすことはない」という言葉が空疎に響いた。

無力感に襲われながらも、福島の事態を、日本中の人々が息をひそめて見守っていた。計画停電という強制もあったが、人々は節電に積極的に取り組んで、自分たちの生活を見直そうとしていた。それは、今回の大災害を、現代の便利すぎる生活に対する警鐘と受け止めていたからであった。原子力は、放射性廃棄物が無害化される時間が十万年かかること一つとっても、禁断の技術であって、人間と共存できる代物ではないのだ。

さくらも原発の全停止は当然のことであり、電灯をこまめに消し、夏を迎えてもできるだけクーラーを使わず、扇風機やうちわでしのいで、節電しようと努めた。

4

原発事故による電力供給の不足により、土日に稼働して、週休日を平日にする会社も出たが、東光では、そのような対応はしなかった。災害の影響によって、業績の悪化が懸念されたが、東光では、災害時に備えて情報拠点のバックアップを、遠隔地にも設けるべきだと宣伝を行い、あくなき商魂をみせつけた。

慌ただしく時が過ぎ、震災から三か月が過ぎようとしていたある日の夕方だった。いつものように、千恵を自転車に乗せて帰宅したさくらは、千恵に自転車から降りようねと声をかけた。さくらがマンションのエントランスに顔を向けた時、不思議な光景が目に飛び込んできた。浩樹が片手を上げて立っていた。さくらは千恵を地面に下ろして茫然とした。千恵がそんなさくらを不思議そうに見上げている。

「どうしたの。いきなり」

「うん、帰ってきた」

「帰ってきたって？」

さくらの問いには答えず、浩樹はしゃがんで、さくらの横に立ってスカートをつかんでいる千恵に声をかけた。

「千恵、大きくなったなあ」

声をかけられた千恵は、怖がってさくらの後ろに隠れた。

「まいったな。怖がられちゃった」

浩樹は、頭をかいた。

「当然でしょ。物心ついてからは、ほとんど初めてだもの。それで、帰ってきたって、向こうの会社はどうしたの」

「やめたよ」

浩樹は、さらりと言った。

「えーっ」

さくらは言葉がなかった。まさか、今のタイミングで浩樹が向こうの会社をやめて帰ってくるとは、予想外だった。

「この前、スカイプで話した時、帰国するかもしれないって言ってただろう。その後、急に話が進んだんだ。まあ、詳しく話すけど、とりあえず中に入ろうよ」

浩樹が向きを変えてスーツケースをドアの中に戻した。確かに、そんな話もあったような気もしたが、いつもの夢を語っているだけだと思ったし、色々ありすぎて聞き流していた。浩樹の背中を見ながら、本当は大喜びしなければならない再会の場面なのにと、さくらは自分の心をのぞき込んで、喜びよりも戸惑いが大きい自分に気づいた。復職した当初は、千恵が熱を出した時に、浩樹がいてくれたらと何度も思った。しかし、浩樹のいない生活が続いてきたので、千恵とさくらの中では、それで慣れてしまっていた。今になってみれば、突然現れた浩樹は、さくらの目には波乱要因として映っていた。ただでさえ、職場の問題に頭を抱えているのに、新たな問題は、もうごめんこうむりたいところだった。

浩樹の実家に電話すると、誠一と雅子もびっくりして飛んできた。その日の夕食は、久しぶりににぎやかだった。最初人見知りしていた千恵も浩樹になれてきたのか浩樹が買ってきたおもちゃの人形で遊び始めた。それを、四人が目を細めて追った。

「いいねえ、ちーちゃん。妹ができたねえ」

雅子が、人形をだっこする千恵に声をかけた。千恵が笑うと、つられて大人たちも笑った。夕食が終わり、千恵を風呂に入れて寝かしつけたさくらが居間に戻ると、声をひそめて話していた三人が、話をやめた。気まずい沈黙が続いた。沈黙を破ったのは、誠一だった。

「それで、これからどうするんだ。就職のあてはあるのか」

「もう他人に使われる仕事は卒業だ。これから、自分で会社を興す」

浩樹の言葉に驚いて、三人は顔を見合わせた。浩樹は、そんな三人の顔を交互に見渡しながら、自信たっぷりに自分の計画を説明した。

「会社を設立して、マレーシアに現地事務所を開く。現地の大学を卒業した若者を採用して、日本で取ったプログラム開発の仕事をさせる。日本語も学ばせて、日本企業に派遣で送り込む。向こうに進出する企業へのコンサルティングも行う。開発と派遣は、さくらに担当してもらう。僕は、コンサルをメインにやる。出資してくれるという人も見つけているが、父さんと母さんも出資してくれるとありがたい」

自分も計画に入っていることを知って、さくらは驚いた。

「えっ、私たちも？」

誠一と雅子も顔を見合わせている。

「私たちも老後の生活があるから、そんなに出せないよ」

誠一が予防線を張るように言った。

「わかっているよ。そんなに期待していないよ」

「私たちは、いいけど、さくらさんはどうなの」

雅子は、いつも息子の成功を信じて疑うことを知らない。今回も、もうその気になっているようだ。雅子に聞かれて、さくらは戸惑った。

「私は……」

さくらは、言いよどんだ。急流に巻き込まれた笹の葉のように、周りの状況が目まぐるしく変わり、さくらは、自分の考えをまとめることができないでいた。浩樹の計画は、あまりに唐突で、疑問がたくさんあった。浩樹の悪い癖が、また出てきたと思った。

「あまりに楽観的過ぎる気がする、ソフトの海外拠点での開発は、すでに二十年以上前から大手が手掛けているから、今から参入しても旨味は少ないと思う。それに、震災からまだ回復していないから、起業のタイミングではないと思うけど」

誠一や雅子相手に調子に乗っていた浩樹は、いきなり冷水を浴びせられたように、渋い顔をした。

「そりゃ、どんなビジネスにもリスクはあるさ。でも、リスクがあるからと言ってたじろいでいたら何も始まらないよ。リスクがあるから、チャレンジするんじゃないか。復興が終わってからじゃ遅すぎるし、これから復興が本格化する時が、ベストじゃないか」

浩樹とさくらの論争が長引く気配を感じた誠一が口をはさんだ。

「まあ、帰国早々だから。今夜はゆっくり寝て。じっくり検討することだ。じゃ、我々は引き上げるから」

誠一も、最後は息子に厳しいことを言うのをさけてしまう。浩樹の性格は、結局、この両親が作り出したものだ。

二人だけになると、余計気づまりになった。浩樹は風呂に入った。寝室に千恵の小さなふとんを真ん中にして、二つのふとんを敷いた。浩樹が出て行く前のふとんの配置だ。ふとんを敷きながら、さくらは胸のざわつきを覚えた。シンガポールの浩樹の部屋に花を飾っていたのは、どんな女性だったのか。今更蒸し返したくなかったが、忘れることもできていなかった。夫婦のことに目を向けないでいたことを反省した。

しかし、あまりに突然の帰国だった。事前に一言連絡をくれたらよかったのにと思う。浩樹は何でも一人で決めてしまう。これから、自分たちは、夫婦としてやり直していけるのか、さくらには自信がなかった。

浩樹が風呂から上がって、ビールを飲んでいた。交代して、さくらが風呂に入り、出てくると浩樹はふとんに入って、深い寝息を立てていた。さくらは、肩透かしを食ったような気がした。ふとんに入っても、なかなか寝付かれず、いつまでも寝返りを打った。

第九章　グローバル・スタンダード

1

さくらは、奈良橋に育児短時間勤務継続の申請書を提出した。奈良橋は、申請書を見るなり、さくらに突き返してきた。

「時短勤務の継続など、論外だ。申請してきても、何度でも突き返す」

取り付く島もない態度に、さくらは、唇をかみしめて引き下がるしかなかった。

情報ユニオンに相談した結果、会社に抗議してくれることになった。さくらは、それに感謝しながら、戸惑いを口にした。

「それしても、最近、室長の態度が、すごく、高圧的になった感じなんです」

「うーん、確かに何かあるかもしれませんね」

並木も、あごに手をやって、思案顔になった。

「それで、大丈夫なんですか。お子さんの保育所の送り迎えとか」

渡辺が、心配そうに言った。

「ええ、タイミングがいいというか、うちの主人が、帰ってきて、今は家にいるんです。まさか、それを会社が知っているとも思えませんが」

「そうなんですか。ご主人が帰ってこられたんですか。それは、よかったですね」

渡辺は、そう言いながら、複雑な顔つきになった。

「よかったというか……」

さくらは、言いかけて、言葉を濁した。

浩樹は、千恵の保育所への送り迎えを、きっちりとこなした。ずーっと、協力しなかったことを、浩樹なりに気にしていて、千恵とのつながりを取り返す機会と考えたのかもしれない。


さくらが、通常勤務に変更になった週の金曜日のことだった。定時の三十分前になると人材開発室でも週報の報告面談も終わり、明日からの週末の予定がちらっと頭に浮かんで、表情が緩む人も見られた。その時、室長の奈良橋がつかつかと歩いてきて、渡辺の前に立った。

「ちょっと、会議室に来てください」

先にたって会議室に向かう奈良橋に、渡辺はいぶかしげな顔をしながらも後ろに従っていた。さくらは、不安な気持ちで、見送った。

十分ほどで、渡辺は事務所に戻ってきたが、茫然とした表情であった。事務所の人たちも異変に気づいたが、何が起こったのかわからずにいた。奈良橋の睨みつけるような視線を恐れて誰も渡辺に声をかけられない中で、さくらは小声で聞いた。

「何があったんですか」

「解雇されました。定時までに私物をまとめて出て行くように言われました」

その言葉に、近くにいた人たちが息をのんだ。奈良橋を見ると、冷たい目で睨み返してきた。

「お願いがあります。私は外に出て、組合に連絡してきます。その間、私のパソコンにあいつが手出ししないように見守っていてください」

渡辺はささやくように、さくらに頼んだ。パソコンにはメールや作成したドキュメントが入っている。今後、会社側と争う時、重要な証拠になるものだ。奈良橋が近づいてこないかとさくらは、はらはらしたが、何事もないうちに渡辺が戻ってきた。すると、奈良橋が寄ってきて言った。

「パソコンは社有品だから、個人情報を消去して返却しなさい」

「データ消去に時間がかかるので、定時までにはできない。個人情報に大切なものがあるので、保存したい。そのため一旦、自宅に持って帰り、本体は別途返却する」

渡辺の反論に、奈良橋は顔をゆがめた。

「重要なデータだけ消せばよい。すぐに返却しなさい」

「メールが膨大なので、メールの消去だけでも三時間以上かかる」

二人が言い争いをしている時、並木が事務所に駆け込んできた。

「労働組合委員長の並木だ。証拠隠滅を強制する行為は認められない。パソコンは、社外持ち出し許可が取られている。まだ、社員なのだから、一旦自宅に持ち帰り、個人情報を保存後に、返却する。返却には労働組合として責任を持つ」

並木の声には、気迫がこもっていた。筋の通った申し立てに、奈良橋はそれ以上強要することができなかった。私物を入れた紙袋を提げ、並木に付き添われて、渡辺は職場を後にした。職場での最後のあいさつも、関係者へのあいさつメールの送信も許されなかった。あまりに非情で冷酷な仕打ちに残った人たちから無言の非難が奈良橋に集中した。さすがにいたたまれなくなったのか、奈良橋はパソコンを持って、事務所を出て行った。

奈良橋がいなくなると、誰かが「ついに、グローバルスタンダードを、始めやがったか」とつぶやいたが、明日は我が身と知っている人たちは、一様に押し黙り、事務所には重い空気が漂った。

先般の株主総会で、矢沢は予想通り役員になったが、続投と見られていた社長が交代した。後任は、アメリカ本社から乗り込んできたコストカッターという異名を持つゴードンという男だった。ゴードンは着任早々、幹部を集めて、言い放った。

「ジャパンの昨年度の営業利益率は低すぎます。利益率一〇パーセントは最低の義務です。私の任務は固定費を削減して、利益率を回復することです。業績評価Dの不良社員を早急に削減します。決めた人数を期日までに削減するためには、解雇することです。それが、グローバルスタンダードです」

翌朝、渡辺の席は、いつものように整理されていたが、机の上の写真もカレンダーもなくなっていた。主を失った机は、殺風景な事務所の中でも特に沈んで見えた。管理者席の奈良橋と目が合った。奈良橋は、さっきからじっとさくらを見ていたようだ。その冷たい目は、次の獲物を狙う猟犬のような光を宿していた。

さくらは、昼休みに弁当を持って、近くの公園に行った。日差しの暖かいベンチが空いていた。さくらが弁当を広げた時、宏美が現れた。

「すわっていい？」

「どうぞ」

先日のコーヒー店でのもの別れが、二人の言葉をぎこちないものにしていた。

「うちの職場の渡辺さんが解雇された」

「知っている。まだ、続くんでしょうね」

さくらは、宏美の顔を見た。荒れた肌が、心身の疲れを物語っていた。

「その中に、私も入っているの」

さくらは、皮肉を込めて聞いた。

「そこまで具体的には、私も情報を持っていない。でも、気をつけた方がいいわよ」

宏美は、サンドイッチを取り出して、口に運んだ。

「ねえ、私たち、最初に会ったのも、ここだったね。入社式の日」

さくらが、遠くを見ながら言うと、宏美も同じ方を見やった。上空は、風が強いようで、大きな雲がちぎれて、二つに分かれて流れて行った。

「お互い地方出身というのが、すぐわかった」

二人は、声を上げて笑った。

「やる気と根性があるのも、共通していた。あんたは、同期の中でトップだった。改善活動の発表でも社長から賞をもらったし。私は、あんたがうらやましかった。あんたが、結婚、出産をしていなかったら今頃は私より上にいたかもね。私は、自分だけうまくやろうと奥の手を使った。けど、あんたは、まったくバカ正直に、女の道の真ん中を歩いていた。結婚しても働き続け、子どもができても育休や短時間勤務を使って働き続ける。そのため、評価を下げられても、仕事を取り上げられても会社に来る」

さくらは、微笑をうかべて聞いていた。宏美は、話を続けた。

「しかし、ねえ。出産、子育てって、女にとっては究極のボランティアだね」

「ボランティアって、おかしいよ。家族なんだから、当たり前なんじゃないの」

さくらには、宏美の言葉が理解できなかった。

「おかしくないよ。女は、命をかけて子どもを産み、膨大な労力をかけて子育てする。でも、女は物質的には見返りを得られない」

「それは違う。私は千恵から、たくさん返してもらっている。生きる力をもらっている」

それは、確信を持って言えることだ。

「で、あんたは、また別のボランティアを始めようとしている。あんたがやっても、あんた自身には得なことはない。せいぜい、次の世代の人が喜ぶだけよ」

さくらは、誰かがやらなければならないことが、たまたま自分に回ってきただけと、心の中で叫んだが、声には出せなかった。確かに、そこは何度も迷ったところだった。自分は、そこまで自己犠牲の精神を持っているのだろうかと。

「さくら、あんたは、まだ組合員じゃないでしょ。組合に入ったら、解雇されるわよ。それは会社が組合を恐れている証拠よね。組合は、みんなを救うために団結して闘う。女が、みんな救われるのは、そっちの方かもしれないけど、そんなに現実は甘くないと思うよ。じゃあね」

宏美は、さっと立ち上がると、手を振って歩き去って行った。

帰宅すると、浩樹が台所に立って料理を作っていた。

「何、作ってるの」

「シンガポール風オムレツだよ。スパイス多めのピリ辛風味」

「千恵、大丈夫かしら。ピリ辛」

「大丈夫。千恵のは、普通の味付け」

「あっちでは、まじめに自炊していたの」

「たまにだったけど。それなりに腕は上げたつもり」

それにしても、帰宅して夕食が用意されているのは、なんと優雅な生活だろう。着替えて食卓につくと、料理が配膳されている。今までのバトルのようなあわただしさとは、天と地の差だ。千恵も子ども用の椅子にすわって、スプーンを使いながら、食べ始めた。ライスをスプーンですくいながら、浩樹が言った。

「保育所で、所長さんから、お父さん、仕事はされていないんですかって、聞かれたから、すぐに仕事始める予定ですって、答えといたよ。両親のどちらかが、家にいたら、保育所で預かってくれないんだっけ」

浩樹も、少しはそういうところにも気を遣うようになったようだ。

「それから、この前話していた起業の件、事業計画を作ったんだ。夕食の後で説明するから、聞いてくれないか」

さくらは、額に手を当てて目をつぶった。

「いろんなことが起こりすぎて、頭が回らない」

「どうしたの」

「昨日、同じ職場の渡辺さんが、解雇された。いきなり、定時前に会議室に呼ばれて、明日から会社に来なくていいって」

「渡辺？ ああ、確か昔プロジェクトでいっしょだった人だよね」

浩樹は、遠い記憶を手繰りよせるように、上目遣いになった。

「実は、私も前から退職を迫られているの。解雇される可能性もある」

浩樹は、手を止めて聞いていたが、スプーンを置くと言った。

「じゃ、ちょうどいいというか。グッド・タイミングじゃないか。いっしょにやろうよ」

「そっちに興味がないわけじゃないけど。今は、その時じゃないと思うの。今抜けると、なんだか一人だけ抜け駆けして、みんなを裏切るような気がする」

「まったく、なんで君は、そんなにお人よしなんだ。そんなこと考える必要ないよ。みんな自分のことしか考えていないよ。自分のことで精いっぱいなんだ。もちろん、こっちの道で、成功が約束されているわけじゃない。残るよりもたいへんで、必死で努力しなきゃいけないだろう。結局、自己責任なんだ。自分で結果に責任を負う限り、誰も何も言いやしない。だいたい、他の人のことを心配していられる状況じゃないだろう。今の僕たちは」

浩樹の言うことはわかる。浩樹にとっては、自分の夢なのだ。さくらにとっても最初に聞いた時は、突拍子もない話と思ったが、改めて考えると魅力的な話のような気もした。でも、苦しい中、協力して職場をよくするために必死に闘っている渡辺や組合の人たちを知った今は、そういう風に割り切れないのだ。

「言いたくないけど、会社のお荷物になっている人は、たいした自己研鑽の努力もせずに十年一日のごとく会社に来ていただけの人じゃないの。自分たちは、会社から言われたことは、ちゃんとやってきたと言うけど、僕から見れば、先を見て自分で考えて自分を高める努力をしない人は、なまけているのと同じだ。会社という水槽の中では、安泰だったかもしれないけど、突然、大きな川の流れに投げ出されて、うろたえている。世界の流れを意識して、川上に向かって泳ぐ力がなければ、流れに負けてしまうんだ。そういう人たちは、自業自得なんだ。気候変動に対応できず絶滅した恐竜のような人たちだ。でも、君は違う。君には、能力がある。チャンスが残っている。ああいう人たちといっしょになって、自分の未来を閉ざすのは愚かなことだ」

浩樹は、昔からドライな発言をしたし、歯に衣着せぬ言い方が、魅力でもあった。しかし、今の発言は、何か一線を越えていた。浩樹と自分の間に、越せない河ができたように感じた。海外に行って、いろんな修羅場に遭遇したからなのだろうか。さくらは、自分の言葉に酔っているような浩樹を、覚めた目で見つめた。

「変わったね。それとも、もう使われる人じゃなくて、使う側の人になったから？」

「ちょっと、極端だったかもしれないけど、今の僕の偽らぬ考えさ」

浩樹は、開き直るように言い放った。そして、さくらを黙って見た。さくらの意見を待っているのだ。自分たちはこうやって議論してきた。あの頃の議論は、お互いを高めあうものだった。今は、話したくなかった。口を開けば、お互いに引くに引けなくなってしまう。こういう場合、女は自分の意見を控えるべきなのだろうか。それが、家庭の和を保つ知恵なのだろうか。しかし、自分たちは、古い世代の夫婦ではない。自分の意見を控えたまま生きるというのは、自分の生き方ではない。

「私の体験で言うと、うちの会社は男女が平等に働けると宣伝していながら、実態は違う。産休、育休、育児のための短時間勤務は、法律でも保障されているものなのに、取得すると評価を下げられる。働く時間が少ないのだから、量的な成果は少なくなるのは避けられない。実際に取得すると、露骨に差別される。子持ちの効率の悪い社員はいらないと追い出される。男女平等という看板は、若い女性を採用して、使い捨てにするための餌のようなものよ」

「確かに、男女差別はひどいな」

浩樹も口元をゆがめて同意した。

「私は、出産、子育てだったけど、他の人だって、病気だったり介護だったり、自分ではどうしようもないものを抱えている人がほとんどよ。それを、なまけて会社のお荷物になっているとか、自己責任と言って、鞭打つのはひどいと思う」

「まあ、そういう人には一定の配慮が必要かもしれないけど、それは政府の仕事じゃないのかい。ビジネスは結果が全てだ。成績の悪い人は、退場せざるを得ない。それは日本だけじゃない。どこでも同じだ。アメリカでも、ＡＳＥＡＮでも同じだ。もっと、ドライだ」

「アメリカでも女性差別があるの？　子どもができたら退職させられるの？　そんなことないでしょ。でも、それは女性が声を上げたから、差別が止まっているだけよ。それと、日本は子育てが一方的に女性に押し付けられて、女性が満足に働くことができないことが、女性が低い業績しか上げられない原因になっている。男性だけが育児の負担を負わず、仕事に集中できるというのは、不公平よ」

浩樹の顔色が変わった。

「君は、僕が千恵の育児を放棄して、海外に行ったことを、今頃非難するんだね。それなら、あの時反対すればよかったじゃないか」

「私が反対したら、海外勤務をあきらめたわけ？　あなたは、あの時、千恵のことなんかちっとも見てなかった」

「君は、もう僕の事なんか、どうでもいいんだろう。地震の時でも付き添って送ってきた人がいるそうだね」

浩樹の言葉が、さくらの感情の堰を切ってしまった。

「ひどい。なんてことというの。千恵のことが心配で、心配で。歩いて帰るしかなかったのよ。善意で助けてくれただけなのに、なんて勘繰りなの。それなら、あなたは、何？　シンガポールで、やさしくしてもらっていた人がいたんでしょ」

売り言葉に買い言葉だった。浩樹が、ひるんで顔をゆがめた。それが、さくらに、やっぱりと悲しい確信となった。


突然、言い争いを始めた二人を、千恵が驚いて見ていた。さくらは、千恵をこわがらせてしまったと反省して、千恵に謝り、こわがらなくてもいいからねと抱きしめた。

「わかった。君と僕の道は、違っていたようだ。千恵の世話を、全部押し付けてしまったことは、申し訳なく思っている」

さくらは、浩樹とテーブルをはさんで向かい合っているのに、二人の間には、深い河が現れ、二人を遠く隔ててしまったように感じた。

2

土曜日に、千恵の保育所で、保護者参観が設けられていた。昨夜、口論したことが後味悪く残っていたが、浩樹に話すと、浩樹も参加するという。

出席してみると、ほとんどの家庭で、両親がきていた。保育室の真ん中で、十人ほどの遊ぶ子らを、その倍の大人が部屋の後ろや横から見守っていた。父親たちは、ビデオカメラをかまえて、我が子の一挙手一投足をのがすまいと必死で追っていた。子どもたちも、親が気になって、ちらちらと見て、集中していないが、何をやってもかわいいので、許されてしまう。

外遊びの時間になった。子どもたちが、園の外に出て、農園の周りの道を、一回り走る取り組みをしていると保育士から説明があった。保育所の隣には、大学の農園があった。稲を育てているが、今の季節は切り株だけが広がっている。周囲は距離にして、約四百メートルくらいだろう。特に、競争でもないので、スタートの合図もなく子どもたちが走り始めた。さすがに男の子は早く、あっという間に、一回りして帰ってきた。

千恵はと目をこらすと、断トツの最後尾をゆっくりと、保育士と走っている。千恵は、病気のせいなのか太っていて、足の親指も短い。走るのは苦手なのだ。それでも、立ち止ることなく、しっかりと手を振って走っている。浩樹は、ビデオをとるのをやめて、唇を噛みしめて見つめている。さくらは、涙が出てきた。ビリでもあきらめることなく、自分の力を全部出して、懸命に走っている千恵。さくらは、思わず叫んだ。

「ちーちゃん、がんばれー」

周りの親たちからも、拍手が起こった。

午後からは、保育士と保護者の懇談会があった。浩樹は家に帰って、さくらが出席した。経験の長い年配の保育士だった。

「かけっこ、ちーちゃん、本当にがんばってましたね」

子どもが褒められると、親は単純にうれしくなる。でも、その後に、厳しい指摘があった。

「最近、ちーちゃん、突然めそめそしたり、そうかと思うと友達からいきなり、人形をとったりして、情緒不安定ですね。以前も一度ありましたが、また、何かおうちで、気になることはありませんか」

家庭での問題は、たくさんあるが、プライバシーに関することを打ち明けるのは気が引けて、「はあ、そうですか」とうけとめるしかなかった。やはり、浩樹との諍いが、千恵にも影響を与えているのかと気が重くなった。


日曜日、さくらは千恵を連れて外に出た。浩樹は、用事があると言って、先に出ていた。予報では、桜の開花が近いとされている。マンションから駅に続く坂道には、両側に桜の木が植えられていて、満開になると駅前にある小学校に通う生徒や出勤する人を励ますように咲き乱れる。見上げると、蕾がかなり膨らみ、開花の近いことがうかがわれる。駅前の文化センターの横に公園がある。最近整備されて、かなり広くなり、ブランコなどの遊具もある。

ブランコや木馬に乗って遊んだ後、ボールを転がして遊んでいると、沙織と宙がやってきた。

「暖かくなってきたから、はい出てきたわ」

沙織が、久しぶりの出会いのあいさつをしたので、さくらも「私も同じ」と笑って答えた。しばらく、四人で追いかけっこをしたりして遊んだ。宙は、しばらく見ないうちにたくましくなって、足も速くなった。

宙と千恵が、二人でボール遊びを始めたので、さくらと沙織はベンチに腰掛けて、子どもらをながめた。

「うち、旦那が帰ってきたの」

さくらは、浩樹が帰国してからのことを話した。胸に溜まっていたもやもやを吐き出すように、全部話した。誰かに話したいと思っていたが、全部話せるのは、沙織だけだった。他の人に話す場合は、どこかを省かねばならなかっただろう。沙織は、じっと耳を傾けてくれた。

「そうだったの。たいへんね。ご主人とのことは、あまり急いで結論を出さない方がいいと思うわ。何といってもちーちゃんのお父さんなんだもの。海外に行って、子育てにかかわらなかったことは反省しているんでしょ。時間をかけて、三人のいいバランスをさがせばいいんじゃないかしら」

沙織のアドバイスは意外だった。沙織は、すっきりと整理するように背中を押してくれると思ったからだ。

「再出発をするには、すっきり整理した方がいいかなと思ったんだけど」

「親子関係は、パソコンを再起動するようには、いかないわよ。うちだって、宙がだんだんわかるようになって、僕のパパはって、聞かれる時がくるから、その時どうしようかと悩んでいるもの。別れるのは、いつでも別れられる。子どもの将来をどうするか、しっかり決めた上で、どうしてもだめなら、仕方ないと思うけど。まあ、私の反省なんだけど」

「確かに親の都合だけで、一方的には決められないわよね」

さくらは、離婚に前のめりになっている自分の心を、客観的に見る機会ができたと思った。

「それに、あなたが職場でやろうとしていることのためにも、人間関係は大切よ。つながりは、一つでも多い方がいいはずでしょ。自分から人間関係を切ることはない。あなたの求めていることは、法律上はもちろん、人としての生き方でも一点の曇りもないことだから、堂々としてつながりのある人には、正面から話して、理解を得るのがいいと思う。もちろん、そうなったら、私も応援するからなんでも言ってね」

沙織の笑顔は温かく、さくらは目頭に熱いものがあふれてくるのをこらえられなかった。最近は涙腺が緩んでしまったようだ。そんなさくらを、千恵と宙が、ボール遊びをやめて見ていた。

3

マンションに帰ると、しばらくして、浩樹も戻ってきた。誠一と雅子もいっしょだった。誠一と雅子は、硬い表情であった。雅子が、千恵に声をかけて、奥の部屋に連れて行った。

いつもは、穏やかな誠一が厳しい顔で、切り出した。

「さくらさん、浩樹に聞いたけど、会社ともめているのかね」

「ええ、お義父さんにまでご心配をおかけして申し訳ありません。実は、退職を迫られています」

浩樹から話を聞いているなら、かくしてもだめだと思って、率直に返事した。

「まったく、世知辛くなったもんだ。さくらさんのような真面目で、熱心な人をやめさせるなんて」

「でも、私は、やめるつもりはありません」

さくらは、誠一の会社の意向が最終決定という言い方に同意できず、すぐに反論した。

「私は会社で総務の仕事をしていた。会社と従業員のもめ事も、たくさん見てきた。会社のやることは理不尽だと思うこともあった。だが、個人で会社相手に闘っても勝てっこない。万に一つ勝ったとしても失うものが大きい。長い時間とエネルギーを消耗する。自分は、その信念に酔っていいかもしれないが、巻き込まれる家族が、子どもがかわいそうだ」

今までさくらに理解のある義父だと思っていた誠一が、元会社幹部の顔を見せていた。さくらは、黙っていた。

「正義感も、ほどほどにしないとなあ。一人だけでがんばったって、世の中どうなるもんでもないよ」

「私一人ではありません。こんなことはおかしいと、いっしょに闘っている人は、たくさんいます」

さくらは、絞り出すような声で、それだけ言った。千恵をかわいがってくれた誠一とも別れなければならないと思うと、胸がいたんだ。

「考え直すことはできないかね」

誠一の言葉に、さくらは揺れた。

「父さん、もうやめてください」

さくらが、答える前に浩樹が誠一の肩に手をやって言った。

「何度も言ったけど、これは僕たちの問題だから、僕たちで解決するしかないんだ。ただ、父さんたちに何も知らせないまま進めるわけにいかないと思ったから、報告しただけです」

浩樹は、さくらに向かって話を続けた。

「一度、お互いに冷却期間を置いた方がいいと思うから、僕はしばらく実家に住むことにした」

さくらは、自分がまだ動いていないのに、周りの水が、濁流となって流れ始めていると感じた。

「あなた、代わってください」

雅子が奥の部屋から、顔を出して言った。誠一が立って、千恵の相手をするために出て行くと、代わって雅子が入ってきた。

「さくらさん」

雅子は、まっすぐにさくらの目を見て話しかけた。

「私も女ですから、さくらさんの悔しい気持ちはわかるつもりです。いくら能力があっても、まずは男が先、女はいつも後回し。それに子育てや家のことは全部女に押し付けて、男は見て見ぬふり。悔しいし、腹がたちますよ。でも、女はずーっと、それでやってきたんです。両方が、いっぺんに前に立つことができないから、一歩引いて男を立てる。そういうのが、本当に賢い女というものですよ。それで、この世の中は続いてきたんですよ。前に出て目立つばかりが、能じゃない。後ろからうまく操ればいいんですよ」

「お義母さんにまで、ご心配をおかけして」

さくらは、雅子に頭を下げたが、「すみません」という言葉は呑み込んだ。もう後に引けないと考えていた。やめると言わないさくらを見て、雅子は、ため息をついた。

「あなたも強情ね。まあ、私もそうだけど。止めても無駄だとは思ったけど、仕方ないわね。女の意地ってわけね。それなら、はっきり言わせてもらうわ。これから浩樹は、自分の会社を興してやっていく。あなたには、足を引っ張る真似だけはしてもらいたくないのよ」

さくらは、目を見開いて、雅子を見た。雅子も睨み返してきた。浩樹は、横にたって、唇をかみしめたまま、何も言わなかった。奥の部屋では、誠一に何かせがむ千恵の声がした。

夫婦の問題なのに、ここまで親に介入されて、何も言わない浩樹が、情けなかった。もう、ここまでだと思わざるを得なかった。

夫婦らしい夫婦ではなかった。いっしょに住んだのは、二年に満たなかった。それでも、浩樹は、さくらの心で大きな場所をしめていた。それが、なくなるのだ。心の空気が抜けて、ぺしゃんこになってしまいそうだ。

こんな苦しいことになるのなら、雅子のいうように自分が一歩、引けばよいのだろうか。そうすれば、全て、丸く収まるのだろうか。

でも、この結婚に、重荷を押し付けてきたのは、常に浩樹だった。自分の夢を追いかけて、東光を退職し、海外に行ってしまった。起業するのに、会社と争う妻がじゃまになるという。男だけが、夢を追いかける権利があるというのか。女にはなく、円満な家庭を守るためには、夫に黙って従うしかないのか。さくらは、今泉の人たちが引き揚げて、静かになった部屋で、一人考え込んでいた。

千恵は、部屋の隅で、絵本を見ている。自分はいい。自分は、自分の道を行く。でも、気がかりなのは、千恵だった。

さくらの両親は、自分たちの理想を追って、結果的に家庭を顧みなかった。でも、自分も自分の意地を通して、千恵から父親を奪ってしまってよいのだろうか。

「ちーちゃん」

千恵が、絵本から顔を上げた。

「パパや、じーじや、ばーばのとこ行きたい?」

言ってしまってから、さくらは、後悔した。こんなことを千恵に決めさせるなんて、自分は、どうかしている。千恵は、しばらく、目を泳がせていたが、さくらの眼を見て答えた。

「ちーちゃんは、ママといっしょがいい」

千恵が、どこまで理解しているのかわからないが、千恵なりに何か感じてはいるはずだ。

「うん、いっしょだよ。ちーちゃんとママは、ずーっといっしょだよ」

さくらは、千恵を抱きしめて言った。

第十章　ロックアウト解雇

1

こういう状況になると、自分の実家にも話をしないわけにはいかなくなった。電話で母の文子に話した。文子は、じっと聞いていた。

「おまえが、どうしてもだめだと思うんだったら、仕方ないいんじゃない。でも、別れても、浩樹さんは千恵の父親に変わりないから、そこは、二人で、よく話しなさい」

文子の答えは、電話する前から、わかっていた。でも、やはり、ひとこと背中をおしてもらいたかっただけだった。しかし、一旦電話を切った後、すぐに電話がかかってきて「明日、上京する」と文子は言った。理由がわからず、「なんで?」と聞くさくらに、文子が答えた。

「子どもの頃、おまえには、寂しい思いをさせたからね。お父さんに相談したら、行って来いって言ってくれた。自分は、一人で大丈夫だからって。まあ、お父さんも心配だから、行ったり来たりになるけど」

「お母さん……」

　後は、言葉にならなかった。

　千恵は、祖母の文子とは、一歳になった頃に、里帰りして会っただけだった。突然、玄関に現れた文子を、千恵はさくらの後ろから、じっと見ていた。

「ちーちゃん、こんにちは。おばあちゃんだよ」

　文子が話しかけると、恥ずかしそうにはにかんだが、「こんにちは」とあいさつを返した。

「えらいね。ちゃんと、あいさつできるんだ。いくつになったの」

「五歳」

　千恵は、右手の五本の指を広げて見せながら答えた。

「そうか、お姉さんになったね」

　文子は、千恵の前で膝をついて、千恵の目線で話をする。

　千恵が、人見知りするのではないかと心配したが、杞憂だった。元々、保育士だった文子は、幼児の扱いになれていて、すぐに千恵と仲良く遊び始めた。

千恵が寝てから、二人でビールをのみながら、テーブルで向かい合った。文子も、ビールが大好きだ。

「来年は、ちーちゃんも小学生だね。どうするの」

「うん、一年生から三年生まで、学童クラブというところで、放課後見てくれるらしいから、そこにお願いしようと思う。その前に、もっと家賃の安いところに引っ越ししないと、やっていけないわ」

「確かに親子二人には、ちょっと広いかな」

文子は、首を回して、部屋をながめた。

「収入に見合った生活にするしかないから」

さくらは、さばさばした言い方をした。実際、新しい生き方をするには、住まいを変えるのが、よいと思った。

「お金に困っているだろうけど、援助してやることができないって、お父さんが苦にしていたよ」

文子の言葉に、さくらは、苦笑しながら返した。

「うん、大丈夫だよ。なんとかやっていくから。周りに助けてくれる人もいるし。前は、誰かに助けられるなんて恥ずかしいと思っていたけど、今は、いつも誰かに助けられて、やっている」

「そういうもんよ。人間は、誰でも、お互い様だから」

文子は、ビールを一飲みして言った。

「お母さんやお父さんは、若い時も人助けしてたんだね。それが、私には、わからなかった。他人のことより、自分の家族は、どうなのよって」

「それは、お父さんとも話したけど、反省している。でも、あの頃は、自分の家族を顧みる余裕がなかった」

文子は、ビールに視線を落として言った。

「一番身近な自分の子どもに、自分の思いを伝えていたかって、反省するわね。もう遅いかもしれないけど」

「そんなことないよ」

照れ隠しに、さくらは、グラスのビールを一飲みした。

「お母さんはどう思う。私は、これから、労働組合に入って、職場を働く人にやさしいところに変えてほしいと要求して、会社と対決しようとしている。同僚のように解雇されるかもしれない。相手は強い。長い闘いになる。これは、自分のプライドのためもあるけど、こんなひどい職場を、千恵たちの世代まで残しちゃいけないと思うから。でも、私の心には、そんな骨折り損なことはやめて、別な会社でやりなおした方がいい。裁判や闘いなんて、消耗するだけだ。もっと、自分の人生を有意義なことに使った方がいいという声もしている。考える度に、反対の答えが出る。こんな迷ってばかりいたら、だめだよね。それなら、最初からやらない方がいいかなって、弱気になる」

母親には、本音を言ってもいいのだと思った。母親は、娘の全てを知っているからだ。文子は、じっと慈愛に満ちた柔らかい目で見ていた。じっと見つめているだけの文子に、しびれが切れた。

「どうしたのよ。何か、言ってよ」

「私は、おまえに何も伝えられなかったと思っていた。でも、おまえも見つけたんだね。お父さんやお母さんと同じ道を。お母さんも同じだったよ。一人になると、いつも迷っていた。でも、仲間がいたからね。仲間といると迷うことはなかったよ」

文子は、さくらの問いには、直接答えてはくれなかった。でも、文子の人生で、大切にしてきたことを語ってくれているのだと思った。

2

その朝は、駅を降りた時から、東光の門前から緊迫した雰囲気が伝わってきた。大型の宣伝カーが路側帯に横付けされている。その屋根で、マイクを握っているのは、並木だ。その隣に、ゼッケンをつけた渡辺が立っている。多数ののぼりがはためき、「ロックアウト解雇をやめろ」と書かれた横断幕を広げて持っている人もいる。その黄色や赤色の文字は、強烈な印象を放っていた。ビラを配っている人数も、前回の倍はいて、元気よく声をかけながら、ビラを差し出している。

気迫のこもった並木の声が、響き渡った。

「みなさん、会社は、なんの落ち度もない、誠実に働いてきた社員に対して、ロックアウト解雇を強行してきました。終業時刻の三十分前に通告して、お世話になった同僚へのあいさつもさせず、定時までに追い出すというまさに、非道な仕打ちです。その解雇理由は、能力不足で、改善の見込みがないという一行です。仕事を奪っておいて、仕事をしていない、能力不足とは、いいがかりもいいところです。このような無法極まりない解雇を、絶対に許すことはできません。我が労働組合は、組織をあげて、最後まで闘います」

さくらの隣を歩いていた二人の男たちが、小声で話している。

「今日は、また、すごい勢いだな」

「ロックアウト解雇だからな。組合も後には引けない。全面対決だ」

「まったく、会社も常軌を逸しているよ。これから、どうなるんだか」

そんな会話を交わしながらも、男たちは、宣伝隊が差し出すビラには、手を出さず、足早に、正門の中に消えていった。正門では、守衛や数人の管理職と思われる男たちが、鋭い目を光らせていた。さくらは、ドキドキしながら、差し出されたビラを受け取った。


今日は、文子が家にいるので、組合事務所に行ってみようと、さくらは思った。電話すると、文子は、快く大丈夫だよと言ってくれた。

さくらは、仕事を終えてから、労働組合の事務所に向かった。並木には事前に連絡してあった。ドアをノックすると、中から開いた。渡辺が紅潮した顔で立っていて、驚いた顔をした。

「どうしたんですか。職場で何かあったんですか」

心配そうに聞いてくる。事務所には、並木の他に三人ほどが、作業をしていた。

「いえ、今日は、母が家にいてくれるので、何か私でも手伝えることがあるかなと思って」

さくらの答えに、聞き耳を立てていたのか、年配の女性が声を上げた。

「あるわよ。いっぱい。まずは、このビラ折り手伝ってくれるとうれしいなあ」

女性は、太めの腕に力をこめて、ビラ折りをしていた。さくらは、「はい」と答えて、同じテーブルに座って、女性をまねて、ビラを折り始めた。手を動かしながら、いろんな話をした。女性は大友と名乗り、経理部で働いていると言った。聞き上手で、さくらにいろいろ尋ねてきた。「そうだよね。たいへんだね」と、感情をこめて、相槌をうたれると、さくらも自分から、聞かれてもいないことまでしゃべった。並木や渡辺も手を動かしながらも、さくらの話に耳を傾けてくれていることがわかる。ここは、自分の弱いところも含めて、全部見せていいところなのだ。弱いところも含めて、みんなが、お互いに支えあうところなのだ。

ビラ折りが終わって、さくらは、並木に話がありますと言った。この前に来た時と同じ席に座った。並木と渡辺も同じだった。

「すみませんね。手伝ってもらって、助かります。ナベさんの他にも組合員が解雇されて、解雇撤回の交渉やらで、ごたごたしていまして」

並木は、目を赤く充血させていた。連日の多方面にわたる交渉や準備で、疲労が溜まっているのだろう。しかし、その目は穏やかな光を浮かべていた。

「私、労働組合に入ります。私が、会社のひどいやり方に、このまま泣き寝入りしたら、私の子どもも同じ思いをすることになります。そんなことは絶対させられません」

さくらは、ずっと考えてたどり着いた結論を言った。二人が、一瞬息を呑むのがわかった。一瞬遅れて周りで、拍手が起こった。

「あ、ありがとう。か、歓迎します」

いつも冷静な並木が、めずらしく吃音になった。並木と渡辺は、顔を見合わせて喜んでいる。

「新村さんが入ってくれると、本当に心強いです。いっしょにがんばりましょう」

渡辺が、顔を紅潮させて近づき、さくらに手を差し出した。さくらも立ち上がり、渡辺の手を握り返した。温かい手だった。並木とも握手した。厚い大きな手だった。

周りから拍手が起こった。

労働組合の加入申請書への記入が終わると並木が言った。

「これで手続きは終わりました。あなたは、今から我々の仲間です」

並木と渡辺をはじめ部屋にいるみんなが立って、拍手で歓迎してくれた。

「ところで、組合に入ったことを会社に通告しますか。しばらく、通告しないこともできます。どうしますか」

「通告してください」

さくらは、即答した。


その週の面談が始まった。さくらの週報には、いくつかの就業先の調査状況が数行記入されているだけだった。いつもなら、会社に貢献していない、ここには仕事がないのだから、早く退職して就職活動するようにと退職強要してくるのだが、今日は記載した就業先について簡単な質問をしただけで、終わった。

奈良橋は面接を終えると、さっとパソコンを閉じて会議室から出て行った。今まで一時間近く、嫌味や罵倒に耐えていたことを思えば、信じられない思いがした。これは、まさに労働組合の力に違いなかった。しかし、奈良橋の態度があまりにも静かなのが、逆に不気味であった。

濁流のような変化が続いた年が暮れ、新しい年が明けた。立春を過ぎたが、まだ寒さは続いていた。日曜日の夕方、さくらは、文子と千恵と寄せ鍋で、早めの夕食をとっていた。その時、さくらのスマホに、メールの着信があった。宏美からだった。こんな時刻に、なんだろうと思って、メールを開いた。メール文は短く、「助けて」とだけ書かれていた。

3

その文面を見て、どきっとした。先週、会社の廊下で宏美を見かけた時の光景がよみがえってきた。

会社の廊下で、偶然出会ったのだが、さくらが声をかけても、宏美は、気づかないのか振り向きもせずに通りすぎて行った。その歩き方が、いつもの宏美とは違っていた。いつもは、背筋をまっすぐにのばして、いくぶん早足で歩く宏美が、放心した様子で、ゆらりゆらり上体を揺らしながら、歩いていた。さくらは、追いかけて行こうかと思ったが、あまりに普段と違う宏美の姿に、立ち止ったまま宏美の後ろ姿を、見送った。

さくらは、メールの画面を、文子に見せて、事情を説明した。文子とさくらは、顔を見合わせていたが、文子が、口を開いた。

「たぶん、何か、たいへんなことが起こっているんだよ。行ってあげなさい。でも、一人じゃ心配だから、誰か力になってくれる男の人はいないのかい」

さくらは、思いを巡らせた。なぜか、渡辺の顔が浮かんだ。確か、渡辺の携帯番号はスマホに入れていた。

渡辺に電話すると驚いていたが、とにかく緊急事態だからと、あまり詳しい説明もせずに、宏美の住んでいるところの最寄り駅で、待ち合わせることにした。

渡辺は、黒いダウンコートを着て、改札の近くで待っていた。宏美のマンションに向かって歩きながら、事情を説明した。さくらは見上げながら話をして、渡辺はさくらを、かばうような格好で聞いている。そういえば、こんな格好で話をしながら、歩いたことがあった。震災の夜、帰宅難民となって歩いて帰った時のことだ。あの時も、渡辺は、さくらに寄り添って歩いてくれた。

「でも、そのメールが自宅から発信された確証はないですね」

渡辺の一言に、さくらは足を止めた。言われてみればたしかにそうだ。

「宏美は、休みはめったに出歩かないの。家に決まっているわ」

さくらは、迷いを振り切って、前に歩き出した。渡辺は、「はあ」と返事とも吐息ともわからない声を出してついてきた。

宏美の部屋に明かりがついていた。さくらは、小走りで、階段を上って、宏美の部屋の前に着いた。鍵がかかっているだろうと思って、ノブを動かすと、ドアが開いた。

「あれっ、不用心だな」

渡辺が、声を上げた。さくらは、それに返事もせず部屋の中に入った。居間の床に、宏美が倒れていた。テーブルの上に、ウイスキーの瓶と薬の瓶があって、そばに錠剤が何粒か散らばっていた。

さくらは、反射的に叫んだ。

「渡辺さん、救急車。早く」

渡辺は、はじかれたように、携帯を取り出した。さくらは、宏美に駆け寄り、呼吸を確かめた。まだ、息はあった。さくらは、宏美の名前を呼びながら、頬を叩いたり、肩をゆすった。しばらくして目覚めないと思っていた宏美が目をあけて、さくらを見た。宏美は、あたりを見回しながら、数回頭を叩いて、床に座った。

「ああ、ちょっと飲み過ぎた。気分が悪い」

渡辺は、携帯を持ったたまま、呆然と立っていて、さくらも、しばらく宏美を見つめたまま言葉がなかった。

「何？」

宏美が、二人を見て言った。

「何って、助けてって、メールもらって、駆けつけたら睡眠薬の薬が散らばっていたから」

さくらは、薬の瓶を指さして言った。

「ああ、あれは、風邪薬。よくラベルを見て。この一週間、風邪で熱があって、ふらふらしちゃった」

宏美の言葉に、渡辺がうめいた。さくらが、「ごめん」と渡辺に両手を合わせた時に、遠くから救急車の音が聞こえた。

「うわっ、たいへんだ」

あわてて、渡辺は玄関を飛び出して行った。

しばらくして、渡辺は、頭をかきながら戻ってきた。

「こってり、叱られましたよ。この間に、命にかかわる急病人が出たら、どうするんですかって」

渡辺のしょげようが、面白かったので、さくらと宏美が、こらえきれずに笑い出した。しまいには、渡辺もいっしょに笑っていた。

笑い顔から、急に真面目な顔になって、宏美がさくらを見た。

「やっぱり、さくらが来てくれた」

宏美は、さくらの手を握りしめた。

「冗談じゃなしに、本当に死にたいほど、つらかったの。それで、助けてって、メールを送ったの」

いつもは、強気の顔を崩さない宏美が、少女のような弱々しい素顔を見せた。うつむいた横顔は青白く、肌荒れが目だった。こんな表情を見るのは、さくらも初めてだった。すると、渡辺が空気を読んだのか、

「じゃ、僕は、これで失礼します」

と気をきかせて、帰ると言い出した。さくらは、何度もお礼をいって、渡辺を玄関に送って行った。

「いい人ね」

宏美が、玄関から戻ってきたさくらに言った。

「ええ、とっても」

　さくらも、渡辺が帰って行った玄関に目をやった。

「やっぱり、あの人のことが原因なのね」

　さくらが問いただすと、宏美は、あっさりと認めて頷いた。

「東光に入社して五年目に、新技術習得を目的にしたアメリカの提携先への派遣メンバーに選ばれた。任命式で、新しく事業部長になったばかりの彼は、今回の技術研修の意義を熱っぽく語っていたわ。研修期間は一年だった。後半に研修先の都合で、私だけ新しくできた研究施設に回されたの。研修では気が張っていたけど、宿泊所に戻ると寂しかった。そこに彼が現れた。新製品に関する市場調査のついでに、派遣者の様子を見に来たと言った。知った人のいない自由の国で、お互いを縛るものは何もなかった。彼が病気の妻をかかえて、苦労していることも知って、彼を支えたかった」

　さくらは、宏美の告白を、眉をよせて黙って聞いていた。

「でも、彼は、もう私の手の届かないところに上って行った。もう彼から、何の連絡もない。私から連絡することもできない。近くにいるのに、厚い壁に隔てられている。こんな状態は、耐えられない。でも、私が、へんなことをしたら、彼に傷がつく。私は、静かに消えて行くしかないのよ」

「消えて行くって、会社をやめるの。やめないよね」

さくらが、問いただしたが、すぐには宏美は答えなかった。

「この前、母親が体調を崩したでしょ。うち、製材所をやってるから、どうしようかって話になってね。兄は、もう、家に寄り付かないでしょ。じゃ、私が継ぐのもありかなって、思っているのよ」

さくらは、入社して、二年目の夏に、宏美の故郷に遊びに行った。両側から高い山並が迫っていて、真ん中を清流が流れていた。清流のそばに、宏美の実家の製材所があった。巨大な材木が積み上げられた広大な空間だった。腰を下ろした材木から、木の匂いが立ち上ってきた。並んで流れる水の音を聞いていた時に、宏美は家庭のことを話してくれた。太陽が山の端に沈み、あたりが陰ってくるまで、二人でお互いの家のことや、将来のことを話しあった。母親は、宏美に似たさっぱりした性格の人だった。

「それで、お母さんの具合は、どうなの？」

「一時、寝込んだけど、今はだいぶ良くなった」

そう言って、宏美は、口元に笑いを浮かべた。

「これが、私が考えてたどり着いた静かに消えて行く方法なの」

宏美は、片方の口元で笑って話し続けた。

「この前、父に会ったの。私の父は、私が中学の時に家を出て行ったたって、前に話したっけ」

さくらは、頷いた。

「最近、母が本当のことを教えてくれた。元々、父とその女の人は、恋仲だったらしいの。お爺さんが、無理やり婿にしたのね。幼馴染だったその人の夫が山の事故で亡くなって、慰めていた父は、その人との人生を選んだってわけ。でも、家を出ても、私たち家族のことを見守ってくれていたということがわかった。私が、どこに勤めているかも知っていた。私も、やっぱり遠くから、見守るタイプなのよ」

最後は、ちょっと、冗談っぽく言って、宏美は、さくらに向き直った。

「さくら、あんたには、ひどいことを言ったね。あんたは、これからきつい道を進んで行くんだろうけど、力になってあげられなくて、ごめんね。遠くからだけど、応援しているから」

言い終わると、宏美は手を差し出した。さくらは、その手をしっかりと握り返し、宏美と、しっかり抱き合った。

「だめだよ。宏美。静かに消えて行くなんて。宏美が輝くのはこれからなんだよ。宏美は、この仕事が好きなんでしょ。だったら、彼よりも上に行って輝いてやればいいのよ。ねえ、いっしょにがんばろうよ。この会社を、よくするために、がんばろうよ」

「彼より上で輝く?」

宏美は、薄眼でつぶやくように繰り返した。

「そうよ。宏美が、女性でトップになって女性の働きやすい会社にしてよ」

宏美は、一瞬、夢見るような目になった。

「ありがとう。やっぱり、あんたは、すごいわ。そんなこと、考えたこともなかった。女性が働きやすい職場にね。本当になるといいね」

「なるよ。絶対、そうしなくちゃ」

さくらは、宏美の手を握った。宏美が、その手を握り返してきた。

4

ある日、さくらは勤務時間を終えて、組合事務所に寄った。渡辺が「不当解雇は許さない」と赤字で書いたゼッケンをつけて立っていた。

「あら、こんな時間から、もう始めるんですか」

「あ、これ、新しいゼッケンができたんで、試しにつけてみたんですが、目立ちますか」

渡辺は、モデルみたいに、一回転してみせた。

「うん、目立つ。ばっちり」

さくらは、手をたたいた。渡辺は、照れながら椅子に腰を下ろして、ゼッケンを取り外しながら言った。

「さくらさん、本当にありがとうございます」

「何ですか、突然」

さくらは、戸惑いながら答えた。

「僕、本当は恐かったんです。いやで、逃げ出そうかと考えたこともあります。僕は、会社から解雇されることを覚悟していました。その時、組合員の僕は闘わなければいけない。でも、心細かった。僕は、弱い人間ですからね。でも、さくらさんが組合に入ってくれて、いっしょに闘えるとわかって、僕は元気が出ました。勇気をもらいました」

渡辺から熱い思いをこめたまなざしを送られ、さくらは戸惑った。もちろん、これは同志の友情、絆なのだと自分に言い聞かせた。

「ところで、渡辺さんは、どうして組合に入ったんですか」

さくらは、前から聞いてみたかったことを口にした。

「僕が入社した時、並木さんが先輩で、いろいろ仕事のことを教えてくれました。その後、チームを変わって仕事をしていて、ストレスで体調を崩したんです。その時、並木さんが訪ねて来てくれて、ずっと励ましてくれたんです。本当に、一人だけだと不安になってしょうがなかった。その時、組合に入りました」

「それは、あの納期回答プロジェクトの前？」

「ええ、五年ぐらい前のことです」

「ご両親は？」

質問してから、こんな個人的なことを聞いていいのかと思ったが、渡辺は、気にする様子もなく答えた。

「父親は、小さな鉄工所やっていたんですが、僕が大学に入った年に、倒れて会社もつぶれました。母親も父親を追うようになくなって。借金があったんですが、僕は相続放棄して逃れました。だから、田舎には帰れません。僕はアルバイトで、なんとか大学を卒業しました」

初めて、渡辺の歩んできた道を知り、さくらは、その天涯孤独な境遇に同情を禁じ得なかった。さくらは、もっと渡辺と話したいと思ったが、千恵を迎えに行く時間だった。今週は、文子が田舎に帰っているのだ。


千恵を自転車の前にのせて、自宅へ帰る道を走る。前方の空には、黒い雲が出ている。これから天気が崩れ風も強まるという予報だ。色々さがした挙句、前のマンションの近くのアパートに引っ越した。千恵の保育所を変えない方がよいと考えたのだ。アパートへ続く道は、のぼりになっている。朝は楽でいいが、帰りはつらい。さくらは、歩道に植えられている桜の木を見上げた。

「ちーちゃん、桜の花が咲いているよ」

さくらは、自転車を止めた。今朝は、咲いていなかったが、このところの暖かさのためか、ごつい枝に、数輪の薄紅の花が開いていた。千恵も一生懸命花を見上げている。数日すれば、満開になり、桜のトンネルになるだろう。これから桜が咲くのに、ひどい天気にならねばよいがと思いながら、さくらは自転車を押して上って行った。

5

そして、いつしか桜は散り、代わりに濃い緑の葉が湧き出てきて、命の力強さを見せつけた。変化する桜の下を、朝に出かけ、夕に戻る生活を続けているうちに、こういう営みが、これからも何事もなく続いてくれるかもしれないという淡い期待が湧いてきた。会社があり、働く者がいれば、労働組合があるのは自然なことだ。自分がその一員になろうがなるまいが、そんなことは会社が目くじらをたてるほどのことではないのだ。さくらは、ふと思った。そう思いたかった。

さくらは、他の部門から奈良橋が頼まれた過去の仕様書の廃棄処理をしていた。ほとんど保管期限が過ぎたものだったが、クリップでとめてあったりしたので分別して、個人情報の含まれているのは、シュレッダーにかける必要があった。大量にあったので、もう一週間もかかっていた。こういう単調で、やりがいの感じられない仕事を続けていると、だんだんと、自分が社会から必要とされておらず、消耗してなくなってしまう気がしてくる。時計を見ると午後四時半を回っていた。ずっと、同じ姿勢でいたので、背中が痛くなった。肩を回していると、後ろに気配を感じた。

「だいぶ片付きましたね」

奈良橋が、穏やかな表情で立っていた。

「はい、あと一日か二日で終わると思います」

「新村さんは、本当に何事にも集中して取り組むので、仕事が早いですね」

最近の奈良橋との会話は、ごく普通のやりとりだ。

「ちょっと話があるので、来てくれますか」

さくらは、次の仕事の話でもあるのかなと思って、会議室に入った。

向かい合ってすわると、奈良橋は、おもむろに一枚の紙を広げ読み始めた。

「解雇予告通告。貴殿の業績評価は、連続四期、最低評価である。会社として、指導、支援してきたが、改善されない。よって、もはやこのまま放置することはできない」

奈良橋の声は、さっきまでと打って変わって高く上ずっていた。奈良橋は読み終わると、紙をさくらの方につきだした。奈良橋のメガネの奥の目が冷たく光っていた。

さくらは、頭が真っ白になった。恐れていたことが起こったのだが、すぐには何が起こっているのか理解できなかった。すると奈良橋は別の用紙を広げて読み上げた。

「一週間以内に自ら退職する意思を示した場合は、解雇を撤回し、自己都合退職を認める。その場合、相当の退職金を支給する」

一方的な通告だった。ようやく、思考力が戻り始めたさくらは、これが渡辺もやられたロックアウト解雇なのだと悟った。

「ロックアウト解雇ですか。不当な解雇は納得できません」

さくらは、強い口調で抗議した。奈良橋は、それには答えず、硬い表情で告げた。

「定時の午後五時三十分までに、全ての私物を持って帰りなさい」

奈良橋は、二枚の紙片をテーブルの上に残したまま、会議室を出て行った。さくらは、その紙を拾い上げた。手が細かく震えていた。

会議室から、よろめきながら出ると、周りの人たちが驚いた顔で、見つめていた。何が起こったか、すぐに理解した人たちは、気の毒そうな目で見たが、話しかけてくる者はいなかった。さくらは、混乱した頭で、今何をすべきか、必死で考えた。トイレに行くと言って、席を立った。

さくらは、個室の中から、労働組合にスマホで電話をかけた。渡辺の声が聞こえた。緊張の極限にあったさくらは、少し気持ちが落ち着いた。

「新村です。先ほどロックアウト解雇されました」

意外と自分の声が落ち着いているのが、不思議な気がした。電話の向こうで、渡辺が息を呑むのが聞こえた。

「並木さんは、今、外で会議があって出かけています。落ち着いてください。新村さん」

「はい」

「えーと、パソコンのデータはどうなっていますか」

さくらのパソコンは、デスクトップだった。渡辺の場合は、ノートパソコンだったので、パソコンを自宅に持ち帰るかどうかで、奈良橋ともめたが、デスクトップでは動かすことはできなかった。そこで、さくらは、メールや業務で作成したデータを、USBメモリに入れて、週末に家のパソコンにコピーしていた。

「先週末までのデータは、保存済みです」

「よかった。それがあれば、業務実績の証明になるからね」

「今週分がないですが、コピーした方がいいですか」

「いや、無理して、あいつと衝突することもないでしょ。じゃ、すぐにこっちにきてください」

事務所に戻ると、机の上に誰が置いたのか会社の大きな紙袋が置いてあった。ロッカー室で私物を片付けていると、涙が滲んできた。悔しいので、泣き顔は見せたくなかった。お世話になった関係者にメールでお別れの言葉を送る余裕もなかった。奈良橋が、じっと、恐ろしい形相で睨んでいた。さくらも、絶対に負けるものかと強い思いをこめて睨み返した。それから、近くの人たちに「お世話になりました」と一言だけ言って、頭を下げ、出口に向かった。うなだれたくなかった。しっかりと頭を上げて歩いた。組合事務所に行くと、渡辺が待っていてくれた。

「大丈夫ですか？」

さくらは、頷いて渡辺がすすめてくれた椅子に腰掛けた。しかし、椅子に倒れこんだという方が正しかった。張りつめていた気持ちが、いっぺんに緩んだからだろう。

「予想していなかったわけじゃなかったのに、やっぱりショック」

「そりゃ、そうですよ。僕なんか、頭真っ白で、何にも考えられなかった」

そう言って立ち上がりながら、渡辺は尋ねた。

「コーヒー飲みますか」

「あ、すみません。いただきます」

さくらは、インスタントコーヒーを淹れている渡辺の横顔を見つめた。真剣な顔つきでやっている。この人は、何をやるにも、手を抜かず真面目に取り組む人なのだ。

振り返った渡辺と目が合った。カップからこぼしそうになったコーヒーを、「おっと、あぶない」と言いながら、渡辺は大事そうにさくらの前に置いた。

さくらが、ふっと笑顔を浮かべると、渡辺が「なんですか」と聞いた。

「渡辺さんって、何をやるにも真剣なんだなあと思って」

「いや、僕は、不器用で。それに、さくらさんにコーヒー淹れるの初めてだから……」

渡辺は、照れて語尾を呑み込んだ。さくらは、「ありがとうございます」と礼を言って、コーヒーに口をつけた。ちょっと、さくらには甘かったが、その甘さが胸の奥に広がった。

渡辺から連絡を受けていた並木が、あたふたと帰ってきた。さくらは、通告された時の状況を説明し、奈良橋から渡された書類を出した。

「こんな理由で解雇なんて、許せん」

並木は、解雇予告通知書を見つめ、憤りの声を上げた。だが、すぐに冷静さを取り戻して、今後の対応方針を示した。まず、東京都の労働委員会に申し立てを行い、組合との協議なしに解雇を行わないよう指導を要求する。あわせて、就業の意志を示すために門前宣伝を行うことなどを決めた。

「絶対、解雇を撤回させて、会社に戻れますから、力をあわせてがんばりましょう」

並木や渡辺の他、駆けつけてきた組合役員に励まされて、さくらは「がんばりますので、よろしくお願いします」と頭を下げた。

「疲れているでしょうから今日は家に帰って休んでください」

並木の言葉に甘えて、さくらは、夜の帳のおりた街頭に出た。今週は、文子が来てくれているので、千恵のお迎えに行かなくてよかった。

いつもの見慣れた街並みが、初めて訪れた外国の街のように目に映った。洋品店のショーウィンドーも、レストランの看板やネオンも、歩道に立つ郵便ポストもいつもと違って見えた。何よりすれ違う人々が、豊かで幸せそうに見えた。それに比べ、自分がひどく頼りなく哀れに思われた。職をなくしお腹をすかせて、家路をたどる侘しさが、胸に迫ってくる。

駅を降り、アパートが近づいてくるにつれ、さくらは、どんな顔をして文子と千恵に会うか気になった。あまり落ち込んだ顔をしていると、二人は心配するだろう。しかし、無理やりテンションを上げる気力もなかった。玄関の前で、一呼吸して両手で頬を持ち上げてから、ドアノブに手をかけた。

「ただいま」

比較的明るい声が出た。

「おかえり」

文子が台所から顔を見せ、千恵が駆け寄ってきた。さくらは、しゃがみこんで、千恵の身体を思いっきり抱きしめた。あわせた頬から温かさが伝わってきた。いつもより、ハグの時間が長かったのかもしれない。千恵が苦しそうに身体をほどいた。

「ごめん、ごめん。ちーちゃん、今日は、保育所で何したの」

千恵が、楽しそうに一生懸命しゃべっていたが、さくらは上の空で聞いていた。千恵を、風呂に入れて寝かせつけてリビングに戻ると、ソファーに座った文子が声をかけた。

「何かあったの」

さすがに気づかれていたようだ。さくらは、文子の隣に腰を下ろした。

「気づかれちゃったか」

「わかるよ。母親だもの」

「実は、今日会社を解雇されちゃった」

さくらは、解雇の状況や労働組合での話を文子に伝えた。文子は、最初眉をひそめたが、しっかりと聞いてくれた。文子に話しているうちに、さくらの胸に溜まっていたストレスが、ゆっくり溶け出していく感じがした。

「ひどい会社だね。信じられない、そんなこと一流の会社のすることかね」

文子は憤った。さくらは、文子が取り乱すことなく、はっきり会社を非難し、自分の立場に寄り添ってくれることが、何よりうれしかった。誠一や雅子だったら、言い方に程度の差はあれ、会社に歯向かうさくらを批判するだろう。文子に何か期待できるわけではないが、ただ全面的に自分を支持してくれるだけで、ありがたかった。

翌朝、さくらは、いつも通りに家を出た。解雇を認めず、就労の意志を示すために、会社に入場させるよう要求するためだ。会社の近くに来た。空を見上げると、晴れ渡った青い空に、小さな雲が一つだけ浮かんでいた。ハンドマイクの声が聞こえてきた。正門前の歩道に立った男が、ハンドマイクで訴えている。三人ほどが周りでビラを配っている。通行人は、会社の建物と宣伝隊を、交互に見て足早に通り過ぎる。まだ始業には、早い時間なので、正門に入って行く人はまばらだ。ハンドマイクで訴えているのは、並木委員長であった。渡辺と顔見知りになった役員が、ビラを配っていた。

さくらが、近づいて行くと、硬い表情の守衛たちが鋭い視線を投げてきた。

「お早うございます」

さくらは、突き刺さってくる守衛たちの視線を感じながら、宣伝隊のメンバーに頭を下げてあいさつした。

渡辺が、笑顔であいさつを返してくれた。戦場で、味方に出会ったような感じがした。ハンドマイクを役員に代わってもらい、並木が守衛に歩み寄った。さくらも続いた。

「人材開発室の新村さくらさんだ。就労の意志があるので、通してもらいたい」

「確認しますので、ＩＤカードをお貸しください」

さくらが、ＩＤカードを守衛に渡すと、守衛はセキュリティセンターの中に入って行った。確認に、しばらく時間がかかった。向かい合った人たちは、皆無言だった。その横を、出社してきた社員たちが、何事もないように通り過ぎて行く。やっと、さっきの守衛が出てきた。

「このＩＤは無効になっているので、通れません」

そんなことを調べるのに、こんなに時間がかかるのかと、さくらは腹立たしくなった。

「無効は不当だ。すぐに通しなさい」

並木が、厳しい口調で詰め寄ると、守衛はたじろぎながら答えた。

「規則ですので、無効のＩＤでは通れません。今、人事部の担当を呼びますので、お待ちください」

守衛はあわてて、セキュリティセンターに戻って行った。再び、守衛たちと対峙しながらの沈黙の時間が過ぎる。ようやく、若い男が二人、やってきた。一人が、人事部の主任と名乗り、並木とさくらを、セキュリティセンター内の応接室に案内した。

並木の道理と気迫のこもった抗議に対して、主任は、しらっと言い返した。

「この件については、会社は規則にのっとって対応しています。一週間以内に自ら退職する意思を示された場合は、解雇を撤回して、自己都合退職の扱いになります。そうでなければ、解雇となります」

「根拠がなく不当な解雇じゃないか」

「それは、所属部門の判断ですが、会社は規則にのっとって、処理しております」

主任は、そっけなく会社の規則という言葉を、繰り返した。さくらは、その血色のよいすべすべした顔を、じっと見つめた。そこには、自分の言動に対する後ろめたさや罪悪感といったものが一片も感じ取れなかった。

一時間近く押し問答をした末に、さくらたちは、組合事務所に引き上げた。会議室で並木たちと今後の方針や予定等を確認した。それが終わると、特にすることがなかった。働かないとなると時間は、たっぷりあった。何か手伝うことはないかと申し出ると、並木が言った。

「これからは、裁判も見据えて、法律を使った闘いになります。新村さんにも、しっかりと、その辺の知識を勉強してもらって、確信をもってもらうことが、非常に大事です。法律の解説書や、過去の労働争議の裁判資料がありますので、目を通しておいてください」

壁の棚には、書籍やファイルが、一面に並んでいた。どこから手をつけてよいか、迷っていると、渡辺が一冊のパンフレットをとって渡してくれた。

「これ、派遣社員の女性が、派遣切りは不当だと起こした裁判の記録です。同じ働く女性として、いろいろ参考になると思います」

さくらは、礼を言うとテーブルの片隅に座って、そのパンフレットを読み始めた。読み進むうちに、原告女性と自分が重なってきて、さくらは胸が押しつぶされるような苦しさを感じた。特に、女手一つで育てている娘から「上の学校に行くのは、自分でお金をためて行く」と言われる場面などは、目頭が熱くなってしまった。彼女は、巨大な会社を相手にたった一人で、会社の派遣切りは不当だと闘いに立ち上がり、最高裁まで戦い抜いたのだ。周りの人たちからの支援があったとはいえ、彼女の払った犠牲も大きかったに違いない。しかし、それだけの努力にもかかわらず、彼女が元の職場に戻ることはかなわなかった。それは冷酷な現実だ。このパンフレットを、まっさきに手渡した渡辺は、さくらに、その覚悟を求めたのだろうか。でも、さくらは、読んでよかったと思った。さくらはパンフレットを閉じながら、闘っているのは自分一人ではないということを知ってうれしかった。そして、いつかこの女性に会ってみたいと思った。

第十一章　学び、伝え、行動

1

解雇から三日後、さくらが帰宅して夕食の準備をしていると、インターホンが鳴った。玄関ドアの覗き穴から見ると若い男だった。どこかで見た顔だと思ったが、思い出せなかった。

「どちら様でしょうか」

「東光クレジメント人事のものです。退職の件で、少しお話しがしたいのですが」

声を聞いて、その男が、セキュリティセンターの応接で向かい合った相手だったことを思い出した。一気に心拍数が上がった。一人で会って大丈夫だろうかと躊躇したが、とりあえず話を聞くだけならと思ってドアを開けた。若いのに続き、頭髪の薄くなった男が入ってきた。狭い玄関なので、話もできないと思って、部屋に入れた。

二人は、名刺を出した。若いのが、人事部主任の岡村で、年配の方が課長の浅沼だった。

文子は、昨日から田舎に帰っていて不在だった。千恵は隣の部屋で状況を察しているのか、物音がしない。

「新村さんには、詳しい退職の条件をお話できていなかったので、資料をお持ちしました」

岡村がカバンから封筒を出して、テーブルの上に資料を広げ、説明を始めた。さくらは、眉間にしわを寄せて、この人たちは何をしようというのだろうと警戒心をあらわにして見ていた。

「三日後の五月二十七日までに、自己都合退職していただいた場合の退職金と加算金を計算してきました。加算金は、通常十九か月分なんですが、新村さんの場合は特別に二十四か月分出ることになります」

岡村が、押し出した書類を取り上げてみると、いろいろ数字が並んでいた。加算金と書かれた金額は、確かに退職金よりも大きな金額だった。

「ここのところに、署名していただいて、判子を押していただければ、後はこちらで処理させていただきます。会社に物申したいお気持ちはわかりますが、会社と事を構えても、結局、困るのはお宅の方ですよ。時間もお金もかかりますしね。お子さんがおられるんでしょ。もめ事を持ち込まない方が、子どもの教育にもいいと思いますよ」

今まで、岡村の横で黙っていた浅沼が口を開いた。こうやって、人の足元を見ながら懐柔するのが、この人たちの役割なのだ。千恵のことを持ち出されたのが、頭にきた。

「私は、真面目に会社のために働いてきました。これからも働きたいのです。私が何故解雇されなければならないのでしょうか。私が、何か会社に悪いことをしたというんですか」

さくらが、まっすぐに浅沼の目を見て訴えると、浅沼は返事ができず、目をそらせた。

「解雇理由は書類に書いている通りです。納得できないかもしれませんが、会社の決定は覆りません。これからどうするか考えた方がよいのではないですか」

岡村が、横から助け舟を出した。のっぺりした岡村の顔には道理を無視することに対する良心の痛みの欠片も見られなかった。

「私の解雇理由には、成績不良のためと書かれていましたが、納得できません。私は、会社の重要プロジェクトである三峰電機のプロジェクトに入って、概要設計のフェーズでは重要な働きをしたと自負しています。私が、いなかったら、製造領域の概要設計はまとまらなかったのです。その私が、なぜ、成績不良なのですか」

さくらは、胸に溜まっていた思いを口にした。悔しかった。まだまだ言い足りない気がして、胸が苦しくなった。感情が高ぶって、目に涙が滲んできた。

「それは、私どもにはわかりません。解雇の判断は、事業ラインでの判断ですので。私どもは、これからのことについて、ご相談に乗ろうとしていますので」

岡村も、さすがに苦しげな言い逃れをするだけだった。

「とにかく、私は解雇に納得できません。今後のことは労働組合に任せていますので、組合を通してください。今後は、家に直接来ないでください」

さくらは、打ち切りを宣言して立ち上がった。二人も自分たちの役目は果たしたと思ったのか、腰を上げて玄関に向かった。玄関を出る時、岡村が振り返って蔑みの笑いを浮かべて言った。

「残念です。後悔することになりますよ」

さくらは、怒りをこめて岡村を睨み付け、ドアを音を立てて閉めた。ドアが閉まっても、まだ動悸がおさまらなかった。後ろから、千恵に抱き付かれた。

「ママ、ママ」

千恵は怯えた顔で、さくらに抱き付いている。じっと、隣の部屋で聞き耳を立てていたに違いない。さくらは千恵を抱き寄せ、頭をなでながら言った。

「大丈夫だよ。大丈夫。ママがいるからね」

翌日、組合事務所で、岡村たちが来たことを並木と渡辺に話すと、並木は厳しい表情で聞いていた。

「最後に、組合に任せていますから、組合を通してと言ったのは、よかったですが、それを最初に言うべきでしたね。会社は、これからもあらゆる手を使って、切り崩しにきますからね。一人で立ち向かおうなんて、無茶なことはやめてください」

さくらは、ちょっと舌を出して率直に謝った。確かに、無謀だったかもと反省した。

「僕のところにも来ましたよ。まったく、いやな奴らですよね。でも、実際、あれに落ちる人もいるんですよね」

渡辺が声を落としてつぶやいた。

「落ちる?」さくらが聞き返すと、並木が答えた。

「まあ、家のローンがあるとか、子どもの教育費を払わないといけないとなると、背に腹は代えられないと、泣く泣く判子を押す人もいるのです」

さくらは、岡村の捨て台詞を思い出した。悔しかったが、言い返せなかった。さくらが唇をかみしめて押し黙り、重苦しい雰囲気になったのを察した並木は、その空気を吹き飛ばすかのように大きな声で言った。

「さくらさん、頼みがあります。地域でやっている恒例の平和祭りがあるんですが、大友さんに協力して出店の手伝いをしてもらえませんか」

並木が手を差し出した方を見ると、メガネをかけたふくよかな女性が、ひまわりの花を咲かせたような笑顔で、手招きしていた。以前、いっしょにビラ折りをしながら、たくさん話したことをさくらは思い出した。

2

平和祭りの日は、朝から良い天気であった。さくらは、千恵を連れて、チラシに書かれた公園に朝九時に着いた。初夏の日差しが降り注ぎ、気温も上がるとの予報だった。公園には、既に、いくつかのテントが立てられていた。チラシの配置図を頼りにさがすと、情報ユニオンと書かれたテントが見つかり、エプロン姿の大友が忙しそうに動いていた。

「お早うございます。すみません、遅くなって」

さくらは、千恵の手を引いて、大友にあいさつした。

「お早うございます。あら、可愛いお嬢さんだこと。お名前は？」

大友は、さっそく腰をかがめて、千恵に話しかけてくれた。千恵は、恥ずかしそうにさくらの後ろにかくれようとしたが、さくらに促されて、「新村千恵」と小さな声で答えた。さくらは、千恵が新しい姓で答えたのに、内心驚いた。千恵も新しい環境に適応しようとしている。

「ちーちゃんか、偉いね。お母さんのお手伝いに来てくれたんだ。歳は、何歳ですか」

千恵も、大友が気安い人だとわかったのか、「六歳」と恥ずかしがらずに答えた。

「へえ、お姉さんなんだ。じゃあ、いっぱい手伝ってね。でも、疲れたら言ってね。今日は暑いから、無理しなくてもいいからね」

出店のメニューは、フランクフルトと焼きトウモロコシだった。千恵は、テントの中でトウモロコシの皮をむしるのを手伝ったりしていた。そのうち、組合の人達が集まってきた。千恵は、来る人みんなに声をかけられ、手伝いを誉められて、気分を良くしていた。

さくらは、フランクフルトを担当した。鉄板に油を引き、フランクフルトを並べて、ガスの火であぶるのだ。ガスの火の調整と簡単な手順を、大友が教えてくれた。鉄板の真ん中が火が強いので、焼けてきたら、端によけて、焦げ過ぎないようにする。焼くのは、コツをつかんできたが、売れるか心配していたら、小学生らしい男の子が、二人やってきた。

「二本ください」

「はい、ありがとう」

よく焼けたのを選んで、トレーに入れてやると、自分たちでケチャップやマスタードをたっぷりかけている。

「このお祭りには、来たことあるの？」

「うん、去年もお父さんときた」

年上らしい子が答えた。顔つきも似ているので、兄弟なのだろう。男の子たちが、きっかけになって、客が続いてきたので、さくらは忙しくなった。

昼頃になると、日差しが強くなってきた。おまけに、ガスコンロの熱で暑くて、さくらは気分が悪くなってきた。大友に頼んで、休憩を取ることにした。木陰に座っていると、そよ風が吹いてきて、火照った顔をなでてくれ、気持ちが良かった。千恵も来たので、お昼にすることにした。

ビニールシートを敷いて、今朝作った弁当を広げた。千恵は、さっそくおにぎりに手を伸ばした。おにぎりを頬張って、にっこりした。

「おいしい？」

さくらの問いに、口に含んだまま、何度も頷いた。久しぶりに味わう楽しい時間だった。離婚、引っ越し、解雇と立て続けに起こった出来事に、対応するのが精一杯で、千恵の気持ちに寄り添うことができていなかったと反省した。

食べていると、大友もやってきた。店は男性陣に頼んできたと言って、一緒に弁当を広げた。先に食べ終わった千恵が地面に絵を描いて遊んでいるのを、横目で見ながら、さくらは大友とおしゃべりを楽しんだ。

「吉田さんのこと聞いてる？」

吉田は、さくらより二か月ほど前に解雇され組合に加盟していた四十代の男性だ。労働基準局へ一人で掛け合うなど積極的に活動していると聞いていた。大友から、突然尋ねられ何も知らないさくらは、首を横に振った。

「市役所の職員採用に受かったからって、組合をやめたそうよ。個人の生き方だから、とやかく言わない方がいいんだろうけど。どうなんだろうね。自分が困っていた時には、助けを求めにきて、自分が助かったら、はい、さようならっていうのは、ちょっと身勝手という感じがするよね」

大友の批判とも愚痴とも取れる言葉は、さくらの心に突き刺さってきた。考えたくはないが、職場復帰には長い道のりが予想された。その間の生活費はどうやって得たらいいのだろう。今日の出店も資金確保の一環に違いない。でも、こういう取り組みで全てを賄いきれるとは、とても思えなかった。

それに職場復帰できたとしてもキャリアに長いブランクが生じてしまうと、持っているスキルが古くなって役立たなくなり、仕事について行けなくなってしまう。さくらは、既に育休明けの職場で、周回遅れになったランナーのみじめさを経験していた。だから、吉田の行動を、身勝手と切り捨てることはできなかった。吉田も家族をかかえて、悩んだに違いないのだ。

さくらが、ありきたりな返事で語尾を濁したので、大友は、自分の振りまいた湿った空気を打ち払うように勢いよく立ち上がった。

「さてっと、また、がんばって売らなくっちゃ。あっ、ちーちゃん、絵が上手に描けてるね」

千恵は、地面に、象やキリンの絵を描いていた。最近、家でも画用紙にクレヨンで絵を描くことに熱中している。

祭りは、午後四時頃に終わりになった。いつもよりテンションの高かった千恵は疲れたのか、最後は椅子にもたれて眠ってしまった。眠りこんだ千恵を抱いて帰らなければと思っていたら、渡辺が声をかけてくれた。

「車で、事務所に用具を返すついでに、送って行ってあげますよ。ちょっと、待っててください」

他の人に悪いと思ったが、小さい子ども連れはさくらだけだったし、みんな気持ちよく勧めてくれたので、好意に甘えることにした。

車の後部座席は、荷物がいっぱいだったので、さくらは千恵を抱いて、助手席に乗った。

「よく寝ていますね。疲れちゃったんですね」

渡辺は、前を向いて運転しながら言った。さくらは、胸に顔を押し付けている千恵を覗き込んで、微笑みながら答えた。

「すっかり熟睡。もう、起きないかな」

千恵が寝入っているのに安心して、さくらは、胸に溜まっている思いを口にした。

「今日、吉田さんのことを、大友さんから聞きました。大友さんは批判していましたけど、私は、吉田さんの気持ちわかるなあと思ってしまって。だめですね。すぐ、揺れてしまって。こんなことじゃ、とても闘っていけないですよね」

さくらは、渡辺が、すぐ反論してくると期待していたが、渡辺は、前を見たまま黙って運転していた。

「誰だって、揺れますよ。僕も、ショックです。仲間がいなくなるのは。いいところに行ける人は行けばいいんですよ。でも、クモの糸にぶら下がれるのは、限られた人だけで、全員がつかまれば切れてしまいます。それに、ひとりだけ登って行ったってクモの糸の先が、本当に天国かどうかわかりませんよ。僕は、みんなで少しずつ土を運んで、陸地を作りたい方なんですよ」

「陸地？」

「そう、働く者が足をつけて住める自分たちの陣地。そこに少しずつ土を運んで、陣地を広げるんです。そこしかないんじゃないんですか。僕たちが安心して住めるところは」

「渡辺さんは、すっかり、腹が座っていて、すごいですね」

渡辺に話して、少し気持ちの整理のついたさくらは、尊敬の念を込めて言った。

「いや、結局、何も持っていないから揺れようがないだけです。学歴とか、特別のスキルとか持っている人は、可能性があるだけ難しいですよね」

渡辺の最後の言葉は、無意識に放たれたカウンターパンチのようにさくらの心を打った。渡辺も自分の不用意な言葉に気づいたのか、あわてて言い繕いを始めた。

「でも、さくらさんのような実績も能力もある人を解雇するなんて、会社も血迷ったものです。育児のための短時間勤務をしているだけで、成績不良で解雇だなんて、裁判では絶対勝てますよ。女性差別そのものじゃないですか」

確かに、そこは、さくらも絶対譲れない点だった。会社の無理解には、怒りを通り越して、あきれ果てる思いであった。今まで、女性の権利尊重とか言っていても、一皮むけば、会社の本音は、こんなものだったのかと、ぎりっと奥歯をかみしめた。

「しかし、裁判では、さくらさんの実績と能力を証明する証拠や証言が必要です」

渡辺は、既に提訴して裁判で闘っている。さくらも最近ロックアウト解雇された仲間と提訴する準備を進めている。組合から労働委員会への申し立てをしてきたが、会社側の対応は、不誠実極まりないものであった。もう、引き返せない道だと思っているが、やはり裁判所と聞くと身構えてしまう。裁判所など、自分の人生に関係するはずがないと信じて生きてきたのだ。裁判は、弁論、文書による闘いだ。相手は、東光クレジメントという大企業だ。車は、幹線道路を走っていた。道路沿いには大きなビルが建ち並び西日を受けていた。東光クレジメントの本社は、ここにあるどのビルより大きい。まるで、象と蟻の闘いだ。しかし、闘いは人間と人間、組織と組織の闘いだ。自分も一人ではない。仲間がいる。道理と正義は自分にある。相手の大きさに負けてはならない。さくらは、身震いして自分に言い聞かせた。

3

さくらは、提訴を控えて同じ訴訟になる仲間と労働法規に関する講義を、本格的に受けることになった。今までも独学で資料を読み込んだりしていたのだが、今回は、労働組合を支援してくれている法律事務所の三浦理恵という女性弁護士が講師を務めてくれることになった。理恵は、弁護士になって、まだ三年という若手だ。同性で年齢も近いので、さくらは、すぐに理恵に好感を持った。

その日、理恵はテキストを配りながら、さくらに微笑みながら語りかけた。

「今日は、さくらさんがお待ちかねのテーマですよ」

さくらは、配られたテキストのタイトルを読んだ。『育児休業、介護休業等育児又は家族介護を行う労働者の福祉に関する法律』というやたらに長い名称だった。

理恵は、条文を読みながら説明を加えてくれた。理恵が、「第十条　事業主は、労働者が育児休業申出をし、又は育児休業をしたことを理由として、当該労働者に対して解雇その他不利益な取扱いをしてはならない」という条文を読んだ時、さくらは、思わず「ちゃんと、書いてある」と叫んだ。さくらは、何度も、その条文を口を動かしながら読んだ。

「法律に、ちゃんと書いてあるのに、なぜ、会社は法律を守ってくれないのだろう」

さくらがつぶやくと、理恵が頷きながら言った。

「そうですね。でも、法律に書かれていても、対象になる人がそれを知らず、会社の横暴に抗議をしなければ、その法律は存在しないも同然なんです」

「確かに、私自身、育児休業を利用しながら、なんとなく会社から与えられている制度のような印象を持っていて、長く仕事を休んだことに、少し後ろめたさを感じていたのも、正直なところありますよね。私は、情報処理の勉強ばかりやっていて、こういう社会常識に、本当に無知だったなあ」

さくらは、大きなため息をついた。

「それは、教育にも問題があるからですよね。学校では点取りの競争ばかりさせるけど、本当に生きるために必要なこういう法律や権利についての知識を授けていないですね。でも権利は、国民が不断に努力して学び、伝え、行動しなければ保持していけないものとも言われていますから」

「そうか。不断に努力して学び、伝え、行動しなければ保持していけないのね、権利は」

さくらは、感心して理恵の言葉を繰り返した。

「それは、憲法に書かれている条文の受け売りですけど」

理恵は、ちょっと照れ笑いを浮かべて小冊子を開き、さくらに差し出した。そこには、不断の努力によってとしか書かれていなかったが、理恵は、『学び、伝え、行動し』を付け加えて説明してくれた。これらの権利は、先人たちの血の滲むような努力のおかげで勝ち取られたものだということを、よく学ぶこと。学んだことを、誰かに伝える。誰にと思った時に、すぐに千恵の顔が浮かんだ。そして、行動する。権利が侵されそうになった時、最大限の努力で権利を守ることが、行動することなのだ。今、自分が行動せず、この権利が失われてしまったら、千恵も同じつらい思いをすることになってしまう。千恵に、お母さんは、この権利を守るために力を尽くしたと誇りを持って言いたいと、さくらは思った。

理恵は、労働者派遣法の話もしてくれて、戦後禁止されていた労働者派遣が、二〇〇四年製造業へも解禁されて、今では非正規の割合が全体で四割にもなっているが、性別で見ると、男性が二一パーセントに対して、女性は五八パーセントに上ると説明してくれた。

そして理恵は、「これは、まだ個人的な懸念なんですけど」と前置きして、さくらにまっすぐに視線を向けた。

「さくらさんの会社は、アメリカの資本が入っていますよね。今、アメリカはTPP、環太平洋戦略的経済連携協定という貿易協定を推進しています。日本政府も交渉に参加して、農家などの反対を無視して推進していますが、その内容は非公開なんです。私は、アメリカの狙いの一つに、日本の労働法制、特に解雇規制の破壊があるのではと危惧しています。TPPを推進しているアメリカの多国籍企業は、日本でもアメリカと同様、事業の都合によって解雇を自由に行いたい。それができないのは、非関税障壁だと考えています。さくらさんの会社が、日本では言語道断のロックアウト解雇を強行してくるのは、TPPになれば、これが普通なのだと、露払いをしているのではないかと思うのです。ですから、TPPは阻止しなければなりません。そして、裁判にも勝利して、日本にロックアウト解雇を定着させてはなりません」

　さくらは、目を見張って理恵を見つめ返した。自分の事件が、日本だけでなく、アメリカの政財界の動きにつながっているということは、思ってもみなかったことだった。


　講義の後は、裁判の作戦会議になった。弁護士も理恵の所属する事務所から、二人の男性弁護士が加わった。吉沢は、銀髪をきれいに七三に分けて、静かな物腰だが精悍な眼差しで、弁護士団の要にふさわしかった。寺川は、三十代半ばと思われ、きびきびとエネルギッシュに動く中堅弁護士である。若手の理恵を含めて、強力な弁護団となっていた。

　いっしょに提訴する組合員の男性二人と、委員長の並木他、三人の役員が同席していた。提訴するのは、下柳と新藤で、二人とも古くからの組合員であった。

　配られた解雇理由書のコピーを手にして、寺川が言った。

「どれも成績不良のためと、判で押したような同じ理由ですね。具体的な理由も示さず、解雇、それもロックアウト解雇するとは、本当に許せないですね」

「労働契約法の十六条は、解雇には客観的合理的理由と社会的相当性が必要と定めています。会社側は、裁判で成績不良の理由を、いろいろでっち上げてくると思われます。上司も会社の指示で、一方的な証言をするでしょう」

上司という言葉に、さくらは、桧山と奈良橋の顔を思い浮かべた。彼らなら、白を黒とする証言を、眉毛一つ動かさずに行うだろう。特に、桧山は、どんな尾ひれをつけるかわかったものではなかった。

「それに対して、こちらで確保した物的証拠、及び協力者の証言によって、会社の主張を打ち破っていく必要があります」

さくらは、解雇を告げられた時に、パソコンのデータをUSBメモリにコピーしていた。しかし、そのデータは、育児休業から復帰した後のものなので、思うような成果をあげられずにいた時期のものだ。三峰プロジェクトの時、家に持ち帰って使っていた社有パソコンがあればと思ったが、既に返却して手元にはなかった。

独身時代に、リーダーとして成果をあげていたが、あの頃のデータも全て相手の手中にある。どんな改ざんが加えられるかわかったものではない。

「証言に協力してくれる人に、今のうちから手を打っておく必要があります。当然、向こうも働きかけるでしょうから、しっかりと説得し協力してもらわなければなりません」

さくらは、真っ先に宏美を思い浮かべた。しかし、宏美は管理職だ。宏美がさくらに有利な証言をすれば会社に反旗を翻すことになり、宏美は社内での立場が悪くなるのは火を見るより明らかだ。宏美に友情を取るか、キャリアを取るかという選択を迫るのは、考えただけでも胸が苦しくなった。宏美は、さくらが組合に加入するのに反対していた。証言を頼みに行っても、はっきりと断られるかもしれない。そうなれば、宏美との友情も終わりになる。そんな結末を、自分から求めにいくのは恐ろしかった。ここで正直に今の自分の心の迷いを打ち明ければ、そんなまやかしの友情ならはっきり終わりにした方がよいと言われるかもしれない。

白石美咲、藤川萌の顔も浮かんだが、同僚を巻き込むのも考えられなかった。さくらは、うつむいて押し黙るしかなかった。会議は、他の二人のケースを中心に進んでいった。

会議が終わったのは、午後四時前だった。さくらが身支度をして帰ろうとしていると、理恵が声をかけてきた。

「お疲れ様でした。朝から長かったですね。疲れた時は、脳の栄養補給のために、甘いものを取るといいですよね。近くに、とってもおいしい和菓子が評判のカフェがあるんですが、いっしょに行ってもらえませんか」

お誘いというよりは、強引に引っ張られた感じで、さくらは苦笑しながらもついて行った。

人気のお店だそうだが、運よく二人席が空いていた。

さくらは、あんみつを注文した。理恵は、恋焦がれていた抹茶ババロアに、ようやく巡り合えると興奮している。待っている間、おしゃべりを楽しむ。理恵は話題豊富で次々と話しかけてくる。気持ちがほぐれた頃合いに、お待ちかねの甘味が運ばれてきた。理恵は、とろけそうな目をして、しばし憧れの抹茶ババロアを見つめていた。さくらは、蜜をかける前にあんこを一口食べた。やさしい甘さが口中に広がる。蜜をかけて、もう一口。しつこくない上品な甘さだ。理恵も意を決して憧れの君に、さじを入れる決心をしたようだ。

「このあんこ、最高。すっきりした甘さで、豆の味がしっかり残っている。私、もう、毎日ここに食べに来たい」

「じゃ、これから毎日、うちの組合に顔出して」

さくらも、興奮した理恵にのせられて、笑いながら冗談を口にした。

「よかった。さくらさんが笑って。さっき、なんか落ち込んでいたみたいだから」

ちゃめっけたっぷりの笑顔を見て、理恵がさくらを気遣って誘ってくれたことに、やっと気づいた。

「心配かけて、ごめんなさいね」

さくらは、率直に、宏美のことを理恵に話した。理恵は、ババロアの味をしっかり味わうように、一呼吸置いてから口を開いた。

「そういうお友達がいらっしゃるのなら、無理に証言をお願いしなくて、別の形で協力してもらったらどうですか。会社上層部の情報を極秘に提供してもらうとか」

さくらは、目を見開いて、理恵を見つめた。

「元々、現役で働いている人に、証言を頼むのは、難しいことですから。やはり、退職した元の同僚とかに依頼するのが、いいと思います」

理恵は、冷静な弁護士の顔になって言った。以前、女子会に来てくれた高橋麻衣のことを思い出した。母親の介護で休暇を取ったりしたために、低評価をつけられ、心を病んで、退職したと聞いていた。体調が戻っていたら、証言をお願いできるかもしれない。彼女の連絡先を調べなければならないが、それは、宏美に頼めるのではないかと、さくらは、少し前向きに考えることができるような気がしてきた。

「ありがとう。本当に、ここはおいしいわね」

「そうですね。これから、ちょくちょく、来ましょうね」

二人で目元を緩ませて、笑った。

4

「とうとう全面戦争ってわけね」

　向かいに座った宏美は、注文したコーヒーを一口飲むと、椅子の背に、もたれて言った。日曜日の午前中、宏美の指定したファミリーレストランは、空いていた。

　さくらは、口を真一文字に結んで、小さく頷いた。

「私の解雇理由は、成績不良と書かれている。私は、納得できない。私は、一生懸命に働き、会社に貢献してきた。確かに、出産、育児で、休みや短時間勤務になって、その時は成果を出せなかった。でも、そこは、育児介護休業法でも育児休業をしたことを理由にして解雇その他不利益な扱いをしてはならないと書かれている。だから、会社は、ただ成績不良としか言わないのだと思う」

「まったく、人事も何を血迷ったのか。さくらに成績不良を理由に解雇というのは、自分で裁判を難しくしているだけだわ」

　宏美は、言い終わると、天井を見上げて腕を組んだ。

「裁判で、私の解雇理由を否定してくれる証言をしてくれる人を探しているの。それで……」

さくらが、話し終わらないうちに、宏美が口をはさんだ。

「さくら、それは……」

今度は、さくらが宏美の話を遮った。

「わかっている。前にも言ったけど、宏美には、偉くなって、女性が働きやすい職場になるように会社を変えてほしいから、宏美は傷つけたくない。その代わり、前にやめた高橋麻衣さんの連絡先を調べてもらえないかな」

「そういう風に期待されても、期待にこたえられるかどうか」

「大丈夫。宏美ならやれる」

「何を根拠に言ってんだか。高橋さんの連絡先は、わかると思う。今も高橋さんと連絡とりあってる人を知ってるから。でも、あんまり無理させないでね。あの病気は、ストレスで悪化するから」

「そうよね」

本人が大丈夫と言っても、後で精神的に不安定になるかもしれない。そうなると頼むのは無理かと諦めかけた時、宏美が背もたれから身体を起した。

「もしかしたら、あの人に頼めるかも」

さくらが、「誰?」と先を促すと、宏美が身を乗り出して言った。

「三峰の佐伯さんよ。噂では、あの人、三峰のリストラで、会社やめたらしいわよ」

「ええーっ、佐伯さんが」

今度は、さくらの声が裏返った。

「佐伯さんまでが、やめるなんて、信じられない」

「そうよ。まったく、一寸先は闇。明日は我が身よ。で、今どうしてるかわからないけど、三峰をリストラされたんだから、三峰、東光に怒りこそあれ、義理立てする立場にないはずだから、証言してくれるかもね。さくらが三峰のシステムを誰よりも理解していたと証言してくれれば、効果抜群でしょ。問題は、どうやって連絡つけるかだけど……」

宏美が首をひねった時、さくらは、はっと気づいて自分のスマホをあわてて操作し、電話アプリを起動した。

「あった。佐伯さんの個人携帯の番号。プロジェクトで急な連絡が必要な時のために聞いていたの」

宏美が親指を立てるのを横目に、さくらは佐伯に電話をかけた。数回の呼び出し音がして、男性の声が聞こえた。佐伯の声だった。

第十二章　支援集会

1

突然の電話にも関わらず、佐伯は会うことを約束してくれた。約束した駅前の居酒屋に入って、さくらは佐伯の名前を告げて、席に案内してもらった。案内を終えた店員が戻ろうとするのを、さくらは声をかけて止めようとした。席にいた人は、人違いだと思ったのだ。だが、男は手を上げて笑いかけてきた。佐伯だった。頭は、真っ白になっていた。服装も、昔はいつも佐伯はネクタイをきっちり締めていたが、今はウインドブレーカーに、チノパンというラフなスタイルだった。さくらは、驚きを隠して近づいて行った。

「やあ、しばらく。プロジェクトの中止以来だね。もう、かれこれ三年か。早いものだね」

声や気さくな話しぶりは、変わっていなかった。

「その節は、お世話になりました。佐伯さんは、ずいぶん印象が変わられたんで、びっくりしました。その後、どうなされたんですか」

さくらは、率直に感想を述べた。佐伯は、別に気分を害した様子もなく、頭をなでながら答えた。

「これだよね。実は、元々白髪だったんだ。会社に勤めている時は、染めていた。会社を辞めたから、人目を気にする必要もないし、めんどうくさいから、染めていないんだ」

「どうして、会社を辞めたんですか。佐伯さんは、三峰の情報処理部門の要だったと思うんですが」

御世辞ではなく、三峰プロジェクトでも佐伯は、キーパーソンだったと、さくらは信じている。

「ありがとね。そう言ってくれるのは、新村さんだけだよ。さあ、一杯飲んで」

差し出されたビールを、コップで受けて飲んだ。渇いていた喉に心地よい苦みが、染み透っていく。気がついたら、一気に飲み干していた。

「いやあ、いい飲みっぷり。さあ、さあ。もう一杯」

もう一杯つがれ、お返しに佐伯のコップに注ぎ返した。

「こうしてると、あの頃を思い出すね。たいへんだったけど、おもしろかった」

佐伯が目を細めた。佐伯は、さくらが来る前から飲んでいたようで、目の周りを赤くしていた。

「あの頃って、佐伯さんが、一番おもしろかったのは、どのプロジェクトですか」

「あれだよ。あの納期回答システムの頃だな。会社も調子よかったから、新しいことにもチャレンジさせてくれたからな。そう言えば、君は、あのイケメン君と結婚したんだろう」

佐伯相手に、ごまかしたりしても仕方ないと思って、さくらは正直に答えた。

「ええ、結婚しました。娘も生まれましたが、去年離婚しました」

「そうなんだ」

佐伯は、一瞬真顔に戻ってつぶやいた。

「そうか、君も波乱の人生だね」

さくらは、今度はこっちが突っ込む番だと思った。

「佐伯さんは、どんなことがあったんですか」

佐伯は、コップを置いて、長い息を吐き、斜め上を見上げた。そして、語り始めた。

「プロジェクト中止が合図のように、嵐が始まった。社長が、二万人人員削減の発表をして、職場では連日のように退職勧奨の面談が繰り返された。あの頃、私も部長級の一員だったから、削減のノルマを押し付けられてね。対象者は三人だった。一人は、親の介護とかで休んだりしていて、向こうから辞めると言ってくれた。後の二人は、話を聞いていると、生活がたいへんなんだな。子ども四人が、みんな学校いっている。年老いた親もいる。妻が、病弱で、私が首切られたら、一家心中ですって泣きつかれてね。悩んで、飯も喉を通らなくなってしまって、上さんに相談したら、辞めていいよって言ってくれてね。うちは、結婚が早かったから、子どもは独立していたからね。後は節約すれば、なんとかなるからって。私が辞めるから、あの二人は残してくれっていったら、事業部長は、『人がいいなあ』といって了解してくれたんだが、うわさでは、やっぱり二人とも辞めさせられたそうだ。それから、会社の転職支援も受けたけど、さっぱりだめだった。今は、昔の友人の紹介で、マンションの管理人をしてるんだ」

さくらは、うなずきながら聞いていた。佐伯の話が終わっても、すぐに口を開くことができなかった。

「で、今日の話は何かな」

佐伯に促されて、さくらは、東光を成績不良を理由にロックアウト解雇されたこと、納得できないので労働組合に入って、裁判を起こそうとしている。ついては、会社の主張を否定してくれる人を探していることを話した。

「それで、ご迷惑とは思いますが、佐伯さんにプロジェクトでの私の働きぶりについて、証言をお願いしたいんです。よろしくお願いします」

さくらは、佐伯に頭を深々と下げた。しばらくして、さくらが頭を上げた時にも、佐伯は、口をきつく閉じたまま、目を閉じていた。

「育児休業や短時間勤務を取ったことが本当の理由なんです。そんなことで、解雇されるなんて絶対に許せません。子ども達のためにも、こんなことがない社会にしていきたいんです。ぜひ、お願いします」

さくらは、気持ちを込めて訴えた。ここで、佐伯に断られると、頼めるところがないという切羽詰まった状況だった。

「しかし、よりによって、新村さんを成績不良とはね。信じられないよ。外資はドライだと聞いていたけど、やっぱりすさまじいもんだね」

そう言うと佐伯は、腕を組み、顔をしかめて考え込んだ。難しい判断をする時の佐伯の癖だった。

「応援したい気持ちはあるけど、僕も、まだいろいろ元の会社のつながりが残っているから、応援するとなると覚悟が必要だ。しばらく、考えさせてほしい」

佐伯の返事が、拒否でなかったことで、さくらは胸をなでおろした。可能性はあるということだ。

「納得できない気持ちはわかるけど、なぜ、裁判までしてこだわるのかなあ。三峰でも、個人加盟の労働組合に入って、会社と争う人が、ごくわずかだけど、いたけどさ。そこまでする時間と労力を考えたら、別の新しい道に、それを使った方がいいと思うんだよね。戻れたとしても、人を人と思わないようなひどいところだろう」

佐伯の問いは、何度もさくら自身が、自分に問いかけたものだった。

「誰もが、おかしいと思いつつ、正すことを避けていたら、良くならないと思うんです。誰かが、やらなければならないことなんです。その籤が、私に回ってきて、正直、なんで私なのと思ったことは確かです。でも、当たったかぎりは、逃げ隠れしたくないんです」

「さすがは、どんな困難なプロジェクトでも逃げずに、立ち向かった新村さんらしい覚悟だね。でも、惜しいねえ。この前の三峰プロジェクトなんかより、もっと大きなプロジェクトでもマネージメントできる人を、こんな形で浪費するなんて」

佐伯得意のおだてだと思ったが、その意味するところの、もうあの世界には、戻れないだろうという佐伯の見方は、さくらの胸に重く響いた。

「その評価を、ぜひ、法廷で証言してください。そうすれば、裁判官にも届くと思いますから」

さくらが、心の揺れを抑えて明るく言うと、佐伯も「そりゃ、届くに決まってる」と、つられて笑った。

2

提訴の朝七時頃から、労働組合では、会社門前で宣伝活動を行った。さくらも会社に出勤する時の夏の服装で参加した。夏の日差しが強くなってきたが、まだ、朝の空気はさわやかに、頬をなでていく。

並木がハンドマイクを握り、演説を始めた。さくらは、正門に続く歩道の端にビラの束を持って立った。正門横のセキュリティセンターで人影が慌ただしく動いた。守衛が、大きなゴミ箱を持ち出し、門を通り過ぎたあたりに設置した。

七時半ごろになると、会社に流れ込む人の流れは、太くなった。前の人のかかとを踏みつけるくらい距離をつめて歩いてくる。一人一人は、黒い鞄をさげ、クールビズのスタイルで、ネクタイをしないシャツ姿の男性やブラウスの胸元にネックレスをのぞかせた女性である。大半は、差し出されたビラに視線を落とすことなく、無表情に、または隣の人と話しながら通りすぎて行く。自分も二、三年前は、こんなだったと、さくらはビラを差し出しながら思った。

「ちょっと、しゃべってみますか」

並木に、マイクを差し出されて、さくらは戸惑った。昨日、並木から本人が訴えるのが、一番効果があると予告されていたから、突然というわけではなかった。さくらは、プロジェクトのプレゼンテーションでは何度も大勢の前で話したことがあったが、公道で話すのは勝手が違う。でも、さくらの手は、マイクを受け取っていた。昨日から考えてきたこと、いや、解雇されて以来考えてきたことが、胸からあふれてきた。

「私は、東光に入社して十五年、毎日、会社のため、お客様のため、いいシステムを作ろうと、一生懸命働いてきました。終電まで働き、休日出勤もしてきました。

しかし、私は、五月二十一日に突然ロックアウト解雇されました。定時直前に言い渡され、長年いっしょに働いてきた職場の人たちにあいさつすることすら許されず、会社を追い出された口惜しさを決して忘れることはできません」

その時、正門の横に、さくらの家を訪ねてきた人事部の岡村と浅沼が現れた。二人は、じっとさくらを凝視している。さくらは、負けるものかと二人を睨み返して声を高めた。

「解雇理由は、成績不良で改善の見込みがないというものです。私は納得できません。私は、育休を二年間取り、育児のための短時間勤務を申請して働いてきました。上司は申請を出すなと言いましたが、短時間勤務でなければ働き続けられなかったのです。私は、出産の前は、チームリーダーをし、新人の指導係でもありました。解雇の本当の理由は、私が育休を取り、短時間勤務を続けてきたからに違いありません。私は、子育てが一段落したら、また東光で職場のみんなと働きたいのです。私は、絶対あきらめません」

最後は、感情が高ぶって声が震えた。マイクを切って差し出すと、並木が頷きながら受け取ってくれた。

提訴から二か月が過ぎ、第二回期日の法廷が開かれる日がきた。もうすぐ、彼岸なのだが、まだ残暑は厳しく、朝から気温が高かった。さくらは、原告団の一員として地方裁判所に向かって歩いていた。むせるような熱気が、まとわりついてきたが、さくらは、緊張のために暑さを感じなかった。さくらは、前回出席しなかったので、初めての裁判所だった。裁判所は地裁と高裁の合同庁舎だった。警備員が鋭い目を光らせていて、入口が一般用と弁護士用に分かれていた。一般用入口には空港でも見られるセキュリティチェックを行う金属探知機があった。

開廷時刻前に、弁護士に続いて、法廷に入った。法廷は、よくテレビで見ている通りの風景だった。さくら達に向かい合う被告席には、五人の会社側弁護士が座っていた。原告席の右手には、傍聴席があって、ほぼ満席だった。顔見知りになった組合員の顔が見えて、少しほっとした。法廷正面の扉が開いて、黒い法服を着た三人の裁判官が現れた。一番年配と思われる眼鏡をかけた男性が、真ん中の席に座り、右に三十代と思われる男性、左に一番若いと思われる女性が着席した。事務官の合図で、全員が起立して礼をし、事務官は、帽子を脱ぐように傍聴者に指示した。

裁判では、原告側と被告側の弁護士が、丁丁発止のやり取りをするものと思っていたら、裁判長がぼそぼそとしゃべりだした。静かな法廷なのに裁判長が何をしゃべっているのか聞き取れない。どうやら、資料の確認をしているらしい。隣の人に聞きたかったが、法廷での私語は、はばかられたのでじっと我慢した。結局、その日は、次の日程を決めただけで、閉廷となった。肩透かしを食らったような感じであった。

その後、参加者は近くの図書館の小ホールに移動して、報告集会を持った。たくさんの争議団や関連する労働組合のメンバーで、会場がいっぱいになった。司会者に紹介された吉沢弁護士が、裁判の進捗について報告にたった。

吉沢は、今回の解雇は、社会通念上低いとは言えない成績のものを解雇する労働契約法十六条違反であり、また労働組合活動家の排除を意図した労働組合法第七条違反であり、さらに育児休業を取得した女性を狙った育児介護協業法第十条、十六条違反という非常に悪質なものである。今後の労働争議への影響も大きく重要なので、弁護団としても力を結集して対応していくと力強く報告した。続いて、参加者からの激励、応援の発言が相次いだ。

3

田舎と東京を往復しながら、さくらを助けてくれていた母の文子は、疲れが出たのか体調を崩したので、しばらく田舎で静養することになり、また、さくらと千恵の親子二人だけの生活に戻った。

秋が訪れ、高い空に筋雲が流れて、千恵の保育所最後の運動会が近づいていた。

「ちーちゃん、かけっこ、がんばってね」

さくらが、話しかけると、夕食のごはんを、口の端につけた千恵は、にっこり笑って「うん」と答えた。しばらくして、笑顔だった千恵が、箸をおいて黙り込んだ。まだ、ごはんを半分以上残している。

「どうしたの。おなか痛いの」

さくらが心配してお腹に手をあてると、千恵が小さくつぶやいた。

「パパ、運動会に来てくれるのかな。彩ちゃんのパパは、いつも来てくれるんだって」

さくらは、千恵を見つめたまま言葉が出なかった。仲良しの彩ちゃんと、そんな会話をしているのか。その時、千恵はなんと言ったのだろう。

「そうだね。パパに、運動会に来てって、頼んでみようか」

離婚して以来、浩樹からは毎月千恵の養育費が振り込まれていた。しかし、親子で会う機会は作ってこなかった。次々に降りかかる火の粉を振り払うのに精いっぱいで、さくらには生活を振り返る余裕がなかったし、浩樹からも面会の要求がなかったからだ。しかし、千恵にとっては、浩樹は父親なのだから、運動会に来てもらいたいだろうし、そうするのは親の務めだとも思った。

久しぶりに、浩樹に電話をかける。なんだか、初めての人にかけるように緊張している。それは、電話を受けた浩樹も同じだったようで、「御無沙汰しています」と他人行儀なあいさつを返してきた。自分でもおかしいと思ったのか、「元気してる？」と、くだけた調子に言い直した。

「千恵の運動会が、十月七日の日曜日にあるの。千恵も楽しみにしているから、来れないかな」

千恵を理由にしたけど、自分はどうなのかなと振り返りつつ、浩樹の答えを待った。

「十月七日か、ちょうど、その日からマレーシアに行く予定なんだ」

「マレーシア」

「そうなんだ、いよいよ資金の目途もついたから、向こうの共同経営者とあって、現地の会社を設立する段取りなんだ」

「そうか。じゃ、無理だね。でも、おめでとう。やっと、あなたの夢が実現するのね。がんばってね」

さくらは、率直に祝福の言葉を口にした。浩樹も苦労したのだ。努力が報われていいと心から思った。

「運動会出るよ。千恵が来てほしいと言ってるんだったら、一度ぐらい父親らしいこともしないとな」

「でも、大丈夫なの。日程の方は」

「ああ、ちょっと、余裕を見て、早めに行く予定にしてたから、一日くらいはなんとかなる」

「ありがとう。千恵、喜ぶわ」

電話を切って、浩樹との距離は、これくらいがちょうどよいのかも知れないと思った。


翌日、組合の会議で、委員長の並木から新しい提案があった。

「今後、裁判の長期化も予想され、裁判で勝利を勝ち取る世論を起こしていくためにも、また、財政的な基盤を強化するためにも、『闘いを支援する会』を設立して広めていく必要がある。ついては、『闘いを支援する会』の設立集会を、大きな取り組みで開催したい」

さくらは、机の上に広げた会則や集会の資料を見つめた。さくらも、このような活動が必要ではないかと思っていたところだった。

「支える会の目標人数は、どれくらいですか」

さくらの質問に対して、微妙な笑いを浮かべて並木が返してきた数は、さくらに軽いめまいを起こさせた。

そんなの無理という言葉を胸に押し込んで、さくらは、自分で声をかけられる人の顔を思い描いた。沙織には頼めるだろう。宏美にも公にしないことを条件に援助してもらおう。だが、白石美咲や藤川萌は、どんな反応を示すだろうか。彼女らは、自分が働いている会社を悪く言うと反感を示すかもしれない。そんなことはない、同じ働く女性として共感してくれるはずだ。さくらの心は揺れた。高橋麻衣は、母親を介護しながら会社を辞めざるをえなかった。理解してくれるはずだが、苦しい家計の彼女に援助を依頼するのは、心苦しかった。

会議の後で、コーヒーを飲んでいると、渡辺がコーヒーカップを持って隣に座った。

「どうしよう。私、支援する会を広める自信ないわ」

さくらが、弱音を吐くと、渡辺も「僕もですよ」と笑った。

「私、忙しくて、年賀状も書かなかった年もあって、そうすると、途端に来る年賀状の数がへっちゃって。本当に付き合いをおろそかにしていたなあって、今頃反省しても遅いか」

「年賀状って、大切ですよね。僕も、もう何年も年賀状は出してなかったんですが、去年から、ずっと昔の友達にも出すようにしました。同窓会も、本当は嫌なんですよ。会社で偉くなった友達もいますからね。でも、ちょっとでも、つながりがあるところには出かけて行って、自分のことを話すようにしてるんです。憎くてやってるんじゃない。会社を、働きやすいところにしようと思ってやってるんだから」

渡辺は、はにかみの笑いを浮かべた。この人は、あまり話しをする人ではない。さくらを励まそうと、いつもと違うことをしたと照れているのだ。

「そうよね。職場をよくしようと、みんなのためにやってるんだものね。だめもとでぶつかって行くしかないのよね。ありがとう、ちょっと元気が出た」

さくらは、渡辺に笑顔で礼を言った。次の打ち合わせがあるという渡辺は、飲み終わったカップを洗い場に持って行こうとした。

「私が洗ってあげる。私のもあるから」

さくらが、声をかけると、渡辺は、驚いていたが、「じゃ、お願いします」と素直に応じた。

運動会の朝、心配していた雨は、上がっていた。千恵は、朝起きると、真っ先に窓を開けて、空を見上げた。

「運動会、大丈夫だよね」

何度も確認しに、台所にやってくる。さくらは、弁当作りに忙しくしていたが、千恵と同じく、そわそわと玄関を気にしていた。浩樹が、運動会には三人そろって行きたいから、こっちに寄ると言っていたからだ。チャイムが鳴った。千恵が玄関に飛んで行った。

浩樹が、ジャージ姿で立っていた。千恵は、浩樹に抱かれている。

「ずいぶん、やる気じゃない」

奥から、菜箸を持ったまま、さくらが声をかけると、「ああ、ここまで歩いてきたから準備運動も完了。今日は、一日ちーちゃんと遊ぶぞ」

抱きかかえた千恵を振り回そうとしているが、千恵は少し迷惑そうだ。もう、そんな赤ちゃんじゃないのにと思ったが、口には出さなかった。

保育所の狭い園庭で、運動会が開かれた。子ども達は建物側に椅子を置いて座り、保護者は庭の隅にある遊具のところが座る場所だった。浩樹も、知り合いとあいさつを交わしながら、平気な顔でシートに座った。庭に小さな円が白い石灰でひかれていた。入場行進で、赤い帽子をかぶった一歳児が、保育士に手を引かれて、頼りない足取りで歩いて行く。引っ張られながら、あたりを見回すしぐさが、愛らしい。

「千恵も、あんな時があったね」

隣に座った浩樹が、感慨深げにつぶやき、さくらも「そうね。早いものね。時間がたつのは」と応じた。さくらは、変な気持ちになった。私たちは、別れてから本当の夫婦ごっこをしている。

競技が進み、千恵の出る親子での障害物競走になった。

「さあ、出番だ」

浩樹が、かけ声を上げて立ち上がった。

千恵と浩樹が、手をつないで並んでいる。笛がなって走り出した。最初は、平均台を渡る。用心深い千恵は遅れてしまう。次は、跳び箱。これは、うまく飛び越えた。縄跳びは、家でも練習していたが、あせって二度もひっかけてしまった。最後は、大きな段ボールをつなぎ合わせたキャタピラの中に入って、ゴールをめざす。ここは父親の出番だ。浩樹が、猛然と手足をかき回して進み、前を行く組を追う。さくらは、ビデオそっちのけで、応援に大声をだしていた。

運動会が終わって家に戻ると、大騒ぎした千恵は、疲れたのか眠ってしまった。夕オルケットをかけただけで寝ている千恵の寝顔を見ていた浩樹がつぶやいた。

「これで、父親の思い出を、少し記憶にとどめてくれるかな」

「かなり、いい思い出になったと思うわ。ありがとう。来てくれて」

素直に感謝の言葉が出た。

「喉が渇いたでしょう。ビールでも飲む？」

さくらの誘いに、だいぶ心が動いたようだったが、浩樹はきっぱりと言った。

「ありがとう。でも、これから向こうに行く準備があるから」

「そう。また、連絡ちょうだいね」

玄関を開けて見送っていると、浩樹が振り返った。

「それから、親父がね。さくらさんの争議どうなってるのかって聞くんだよ。関心を持っているらしいよ」

そして、出会った時のような、さわやかな笑顔を残して浩樹は去って行った。さくらは、浩樹に二度と会えないような寂しさに襲われた。この気持ちは何なんだろうと思った。

4

さくらは、駅前からバスに乗った。宏美が、高橋麻衣の連絡先を調べてくれたのだが、住所しかわからなかった。もしかしたら、そこも引っ越しているかもしれないと言われたが、わずかでも可能性があるなら、訪ねてみようと思ったのだ。

バスを降りると、ずいぶん静かな町はずれだった。近くに小さな神社があった。祠は、古く小さかったが、四方を囲む欅は、幹が両腕で抱えきれないほど太く立派だった。その神社の隣に、アパートがあった。夜になると、寂しいだろうなと思いながら見ると、麻衣の住所に書かれているアパートの名前だった。

きしむ階段を上って、一番端の部屋の前にたった。表札に書かれた文字は消えかかっていたが、確かに高橋と読めた。

ノックをして「ごめんください」と声をかけたが、返事は返ってこなかった。何度かノックしていると、隣の部屋のドアがあいて、年配の女性が顔をのぞかせた。

「高橋さんは、出かけてますよ」

さくらは頭を下げ、「何時ごろ帰るのでしょうか」と女性に尋ねた。女性が、さぐるような目つきをしたので、「前の会社の友人です」と言うと、答えてくれた。

「娘さんは、昼間、スーパーのパートをやっていて、いつも午後四時頃には帰ってきているようですよ。お母さんがねえ、脳こうそくで半身不随になっちゃったから、娘さんが会社を辞めて介護してるんだものねえ。かわいそうだよ。本当に」

女性は、おしゃべり好きのようだ。さくらが、尋ねる前に、麻衣親子の生活を教えてくれた。

「お母さんは、デイサービスに行ってるの。九時から五時のね。だから、その間に、娘さんがパートで働いてるのよ。きれいな子なのに結婚もせずに、かわいそうにね」

時計を見ると、三時過ぎだ。せっかくなので、しばらくどこかで時間を潰して、もう一度来ることにした。丁重に女性にお礼を言ってアパートを後にした。近くを歩いていると、コンビニがあった。入ると、イートインのコーナーがあったので、コーヒーを買って時間を潰すことにした。隣の女性の話から、肩寄せあって細々と生きる母娘の生活が、目に浮かんだ。支援の依頼をするのは心苦しかった。でも、会って近況を伝えあい、つながりができれば、今日来たかいがあったというものだ。

四時前にコンビニを出て、アパートに向かう。神社の前を歩いていた時、自転車に乗った麻衣が帰ってきた。

「まあ、さくらさん？」

麻衣は、自転車から降りて、驚いた顔で近づいてきた。トレーナーに、ジーンズという質素な服装だ。

「元気そうで、よかった。体調を崩して、会社を辞められたと聞いていたから」

自転車をこいできたからか、麻衣の頬に赤みがさして、顔色がよかったので、さくらは少し安心した。

神社の境内の隅に、古ぼけたベンチがあったので、二人はそこに腰かけた。

「私が寝込むと、共倒れなんで、必死で気を張ってるんです」

さくらにも、麻衣の気持ちが痛いほどわかった。さくらは、ロックアウト解雇されたこと、解雇撤回を求めて裁判を起こしたこと、裁判に勝利するために支援する会の会員を募集していることを話した。麻衣は、目を見開いて驚きを隠せなかった。

「さくらさんが、解雇されるなんて、ひどい」

絶句していた麻衣だったが、しばらくして、眉をよせ厳しい顔を上げた。

「私も、ひどいことを言われました。『気晴らしに会社に来てるんだろう』とか、『会社は慈善事業をしてるんじゃない。こんな成績で、よく給料を持っていくもんだ』とか。母が倒れて、ボロボロになっていたのに、その上を土足で踏みつけられて蹴飛ばされた気持ちになりました。その恨みは、今でも決して忘れません。さくらさん、がんばって会社をやっつけてください。私も応援します」

「ありがとう。麻衣さんの分もがんばる」

さくらは、この裁判が、自分だけの闘いではないこと、非情な扱いを受けて、悔し涙をこらえたすべての仲間を代表した闘いだということを悟った。


「ロックアウト解雇との闘いを支援する会」の設立集会は、区立公会堂で開かれた。

さくらは、開会時刻午後六時半のだいぶ前に、組合の仲間たちと会場に着いた。

さくらは、受付の役を頼まれていた。会費をもらって、資料を渡すのだ。さくらは、組合の赤い腕章をつけた。どれだけ参加者がきてくれるのか心配だった。この公会堂は、一階と二階を合わせて、約八百座席がある。いろいろな組織のルートを通じて、チラシは配った。でも、さくら自身が確認をとった数は、十人くらいにしかならなかったし、全組合員の組織見込み数を合わせても満席に届かなかったのだ。

並木や渡辺たちは、会場の前に出て、参加者を出迎えている。開会の三十分前から、参加者が増え始めた。のぼりを持って到着する争議団の仲間も何組も続いた。さくらは、受付で目の回る忙しさだった。参加費は五百円だったので、おつりを渡すのがたいへんだった。千円札におつりを渡そうとすると、「カンパ、カンパ」と手を振られた。

うつむいて、資料を取り上げていると、肩を叩かれた。宙をつれた沙織だった。

「いっぱい来てるね。がんばってね」

「ありがとう」

さくらは礼を言ったが、沙織たちは、次々に来る来場者に押されて、客席に流れて行った。白石美咲と藤川萌も顔を見せた。彼女らも、初めての雰囲気に緊張気味だったが、さくらには笑顔を見せてくれた。

開会時刻が来て、舞台でギターの演奏が始まり、女性歌手の歌声が響いた。闘いを支援するオリジナル曲が披露され、参加者たちも声を合わせて歌った。

続いて、労働団体代表、不当解雇と闘っている航空会社の客室乗務員組合代表から連帯のあいさつがあった。弁護士の寺川が、裁判の経過を報告し、東光のロックアウト解雇は、ゴードン社長の着任以降多発しており、明らかに会社の人事政策によるものだと厳しく糾弾した。

次に、原告たちがゼッケンをつけて、「許すな、解雇自由化。はねかえせ、退職強要。東光はロックアウト解雇をやめろ」と書いた横断幕を携えて、舞台に登場した。

さくらも渡辺に続いて、舞台に上がった。舞台から会場を見ると、一階も二階も満席で、熱い視線が降り注いできた。原告が一人ずつ決意を述べた。ある男性は、小学生の娘に塾や習い事をやめさせなければならなかったつらい思いを込めて訴えた。さくらは自分の境遇に重なって、目頭が熱くなった。さくらの番になった。考えていた言葉が記憶から飛んでしまっていた。頭が、真っ白になった。さくらの言葉を待っている会場が、一瞬鎮まりかえった。その時、「ママー、がんばってー」という千恵の声が聞こえた。「がんばれー」という太い男の声が続いた。ぼやけた視界に、会場の隅で手を振る千恵と別れた夫の父親である誠一の姿が見えた。さくらは目を疑った。数日前に、誠一から電話があって、久しぶりに千恵に会いたいというので、ちょうどよかったと今夜は千恵を預かってもらっていたのだ。今夜のことは、浩樹には話していた。浩樹から誠一に伝えてくれたのだろうか。さくらは、マイクを握りしめた。

「私は、一人で生きていけると思っていました。徹夜残業もし、休日出勤もこなして、成果に従って評価されるのが当然と思っていました。でも、それは間違っていました。誰も一人では仕事はできません。一人では生きていけません。特に、命を産み育てる女性は、男性と同じ土俵で競争することはできません。でも、女性に冷たい会社は、男性にもつらい会社です。みんなで、力を合わせて、持っている力に応じて、負担を分かち合える職場にしたいのです。このまま声を上げなければ、子ども達にも、同じつらい思いをさせてしまいます。誰かが声を上げなければ変わりません。みんなの声が集まれば、みんなが声を上げ続ければ、社会を変えることができるのではないでしょうか。お願いします。みなさんの力をお貸しください」

深々と下げたさくらの頭に、温かい励ましの拍手が降り注いだ。頭を上げると、千恵が両手を上げて飛び上がっていた。

最後に、委員長の並木が、組合として全力で闘う決意表明を行い、支援を訴えた。参加者全員が立ち上がって三唱した「がんばろう」は、地底から湧き上がるような力強さで、会場にこだました。

解説

乙部宗徳

「さくらの雲」は、『民主文学』二〇一五年一月号から十二月号まで一年間にわたって連載された、最上裕の初めての長編連載小説である。

最上は、これまで電機産業の情報部門のシステム関係で働く労働者を中心に描いてきた。昨年、出版された『陸橋の向こう』には、これまで『民主文学』に掲載された作品と共に、所属する民主主義文学会電機労働者ペンの会支部の『からむす』に掲載された作品もふくめ、最上のほぼ全作品が収められている。

それらの作品が一九九五年以降に発表されていることは、偶然ではあるがそこに時代性を感じる。この一九九五年という年は、日本経営者団体連盟が、雇用のあり方を、期間の定めのない雇用契約で基幹的職務を担う「長期蓄積能力活用型」、有期の契約で専門的な職務に就く「高度専門能力活用型」、有期で一般的な職務に就く「雇用柔軟型」という三つのタイプに類型化して提起した年であった。この政策にそって発生した正社員のリストラ、非正規化の急速な拡大という日本の雇用の破壊とも言うべき大変動が、最上の作品の背景になっている。

もう一つ、最上の作品には、民主主義文学で労働現場を描いてきた先行作品とは異なる点がある。六〇年代の中盤から、「日本の基幹産業において合理化を公然と容認する反共労資協調的潮流の組織的結集という新しい段階」(『戦後社会運動史論②』、大月書店)に入ったという分析がある。そのもとで、日本共産党員をはじめ、労働組合の階級的・民主的強化をはかろうとする者たちに対して、経営と労働組合が一体となった攻撃が加えられた。思想・信条による昇格や賃金の差別や社内行事からの排除などの人権侵害が様ざまな企業で行われ、その不当性がいくつもの裁判でも争われた。そうした労資協調路線と軌を一にするように、一九八〇年の「社公合意」によって、七〇年代に高まった革新統一の流れが崩され、反動的な動きが強まった。そうした中で、民主主義文学の書き手は、職場の中でたたかう労働者が、孤立させられているように見えても、それを打ち破ろうとする力が、確かに存在していることを文学として示そうとした。

そこで生まれた諸作品と比較すると、『陸橋の向こう』に収められた作品が描いている世界には大きな相違がある。最上作品では、職場から排除されようとしているのは、特定のたたかう労働者ではなく、すべての労働者が対象になっている。最上は、バブル崩壊後の、雇用の変容のなかで、真面目に仕事をしてきた労働者が突然リストラされ、そのことが労働者とその家族にどのような影響をもたらすかを描いてきた。それらの作品では、たたかう労働者は職場の中にほとんど存在しておらず、工場の外でビラをまくユニオンという存在として描かれていた。それは労働者がおかれた状況の厳しさとともに、それを打開していくことの困難さがより増していることを示している。最上が描こうとしているのは、そのような今日の職場に生きる人びとである。

「さくらの雲」は、システムエンジニアで、男性と同様に百五十時間もの残業をし、開発チームのリーダーもまかされていた女性労働者が、育児休業を経て復職したものの、その後解雇されて、たたかいに立ち上がるまでを描いている。女性を主人公にしていること、また、解雇撤回のたたかいに立ち上がる人間を主人公とした点で、作者にとって新たな挑戦を行った作品といえる。

まず、述べたいのは、「さくらの雲」の主人公さくらが、どのように描かれているかということである。

小説は、今泉さくら（旧姓・新村）が二年間の育児休業後、大手の情報システムサービス会社・東光情報システムに復職するところから始まる。さくらは、大学では情報工学を専攻し、就職氷河期の中でも大手の会社に就職し、そこで「鬼」とあだ名がつけられるほど仕事をし、リーダーを「拝命」するようにまでなる。厳しい雇用環境、とりわけ女性にとってはさらに門戸が狭められているなか、いわば順風満帆にキャリアを積み重ねてきた人物として設定されている。人材開発室という追い出し部屋に異動されたとき、さくらは「負け組に分類された」と思うが、それはかつての自分は「勝ち組」だったという認識があるからだ。イケメンで数学の専門的な知識を持っている今泉浩樹と結婚し、娘の千恵が生まれるまでは、さくらは自分で思い描いていたような人生を送っていたことが描かれる。いや、最近の待機児童の状況からすると、千恵がすぐに公立の保育園に入れたことも、このうえない幸運と言えるかもしれない。

ただ、就職するまでのさくらは、決して順風満帆な人生ではなかった。父親は若い頃争議で会社を辞めた後、転職を繰り返し、さくらには選挙で走り回っていた記憶しかない。母親は民間保育所の運営で夜遅くまで家を留守にしていた。両親から放っておかれたという意識から、自分は自分のために生きると心に決める。大学も自分で決め、東京に出てからはめったに帰省もしていない。こうした背景は、上昇志向を持つさくらの人間像を深めるものになっている。

しかし、さくらの人生は、結婚、出産後、大きく変わっていく。まず、千恵が一か月検診で甲状腺ホルモンの値に異常がみつかる。もともと外資系の仕事に就くことを希望していた浩樹は、東光情報システムの希望退職に応じ、いくつかの転職を経て、突然独りで海外に行ってしまう。そして義母からは、浩樹が海外へ行った原因は、さくらにあると言わんばかりの言葉も投げつけられる。

そして育児休業から復職すると、厚生労働大臣から「子育てサポート企業」としての、くるみんマークの認定を受けた企業でありながら、育児時短制度を利用することにも上司は渋い顔をする。もともと女性が働きやすい制度があるということが、就職先を選ぶ動機の一つだったから、さくらの落胆は大きい。

「さくらの雲」の連載中、編集を担当していた私のところに、読者から、「さくらさんは、これからどうなるんだろう」という声が多く聞こえてきた。辛い環境の中でもひたむきに生きるさくらの像に、読者の共感が寄せられたわけだが、それはさくらが置かれた厳しい境遇とともに、子育てをしながら働く女性の姿がとらえられたことにある。千恵が熱を出して、保育所から呼ばれることや、家に帰って寝かしつけるまでのことなど、働きながら一人で子育てをするその日常生活が、ていねいに描かれていることも、さくらの造形にとって大事な意味をもった。

その後のストーリー展開も読ませるものになっている。育児休業から復職して、短時間勤務ということもあって、さくらはまとまった仕事が与えられなかったが、以前関わっていた仕事の取引先に請われて、プロジェクトに入ることができる。そこでは独身時代とは違って、子どもを育てているために時間的制約を受けながらも、取引先からの難しい要請に応えていくが、リーマンショックの影響でプロジェクトは中止になる。

ストーリー展開の要諦は、次はどうなるかという興味で、読者を引き付けるところにあるが、単に意外性を狙ったご都合主義の展開ではなく、システム開発の業務でよく起こりそうな事象を入れながら、筋を運んでいくのは、最上作品の特長といえる。二年間休職している間に、仕事の環境が変わったために、パソコンの設定など、すぐに仕事に取りかかれないことや、取引先の社員よりもシステムを熟知していることで、プロジェクトに呼ばれるなど、さくらをめぐる出来事は、今日のシステムの現場をよく映している。

『陸橋の向こう』でも、仕事上のトラブルがよく描かれていたが、パターンに陥ることなく、様ざまな出来事がストーリー展開にうまく組み込まれていることは、その作品世界の特長である。

また、さくらに起こる事象が、この日本の企業、社会の状況とつながっており、それがストーリーの展開において重要な要素になっていることに気づかされる。外国企業による買収、リーマンショックなど、グローバリゼーションのもとで、日本の企業、そこでの労働がどのような問題を生み出していくか、端緒的ではあるがとらえようとしていることがうかがえる。いわゆる企業小説を含むエンターテインメントの作品は、生起する国際的な事象を取り入れて作品化しているが、その動きの本質を深くとらえて、人間のドラマとして描くことが民主主義文学においても求められているし、今後、作者に挑戦してほしいことでもある。

もう一つは、さくらのたたかいがどう描かれたか、ということである。

プロジェクトが中止されて、さくらは人材開発室という名の追い出し部屋に異動させられる。そのときのさくらの心情に、現在の日本の企業で働く労働者の思いの一端が見える。

自分が人材開発室に異動させられたことは、「会社から不要な人間、負け組」に分類されたことだと、さくらは考える。

「リーダーとして、先頭を切って走り、遅れる人をリスク要因として見たが、その人たちの気持ちを思いやることはなかった」ことに気づき、自分が「傲慢」で、仕事の成果は自分で勝ち取ったと思っていたが、すべて周りの人たちの協力、献身によるものだったことを思う。

このように自覚したさくらは、労働組合の存在に目を向けていく。この点では渡辺という人物の設定が大事だった。渡辺は、さくらが開発チームのリーダーになったときのメンバーだったが、労働組合の会議があるから残業はしないことに、いいイメージは持っていなかった。しかし、人材開発室で一緒になり、そこに来るまでの経過を聞いて、「損な役割を割り当てられる人」だったことに気づく。

さくらは、それまで「少しでも良い待遇を得るには、他よりも優れたアイディアを出し、実績を上げて、よい評価をもらい、地位を上げていくこと」と考えていたが、実際に上がれる人はごく一部の人にすぎない。底辺や平均的な人たちの待遇は上がらない。それを改善するために労働組合は活動しているが、その活動に時間はとられるために、成果は少なくなり評価は低くなる。さくらはそういう自己犠牲の活動はできないと思う。

この労働組合への加入をめぐる葛藤は、ていねいに描かれている。

さくらはユニオンで話を聞いて、自分が追い出し部屋に行くような事態になったことの背景を知り、自分もたたかわなければならないのかと考えるようになっていくが、労働組合に入ることを、夫や義父母は反対する。夫は、「言いたくないけど、会社のお荷物になっている人は、たいした自己研鑽の努力もせずに十年一日のごとく会社に来ていただけの人じゃないの」と冷ややかにみる。その言葉は、夫婦の間に大きな溝をつくる。

会社と対決すべきかどうかで悩むさくらに、母親の文子は、自らの経験に立って「仲間と